王摩詰詩集

[唐] 王維 撰

拾瑤叢書

文物出版社

圖書在版編目（CIP）數據

王摩詰詩集 / (唐) 王維撰. -- 北京 : 文物出版社, 2020.1
（拾瑶叢書 / 鄧占平主編）
ISBN 978-7-5010-6364-2

Ⅰ. ①王… Ⅱ. ①王… Ⅲ. ①唐詩 - 詩集 Ⅳ. ①I222.742

中國版本圖書館CIP數據核字(2019)第239228號

王摩詰詩集 〔唐〕王維 撰

主　　編：鄧占平
策　　劃：尚論聰　楊麗麗
責任編輯：李縉雲　李子裔
責任印製：張道奇

出版發行：文物出版社有限公司
社　　址：北京市東直門内北小街2號樓
郵　　編：100007
網　　址：http://www.wenwu.com
郵　　箱：web@wenwu.com
經　　銷：新華書店
印　　刷：藝堂印刷（天津）有限公司
開　　本：710mm × 1000mm　1/16
印　　張：19.5
版　　次：2020年1月第1版
印　　次：2020年1月第1次印刷
書　　號：ISBN 978-7-5010-6364-2
定　　價：120.00圓

前言

《王摩詰詩集》七卷，唐王維撰，宋劉辰翁、明顧璘評，明萬曆凌濛初朱墨套印本。

套印技術在中國的歷史頗爲悠久，有學者認爲此項技術宋遼時期已經面世。實物證明，其在書籍印刷上的運用不晚于元代。流傳至今最早的套印本書籍，是元末至正元年（一三四一）中興路資福寺無聞和尚注解的《金剛經注》，目前保存在中國臺灣。其中的版畫、經文和注文均使用了朱墨兩色套印，卷首扉頁圖畫中的松樹用黑色，其他用紅色；經文大字用紅色，注文小字用黑色。這種套印技術的使用，大大改變了以往的雕版印刷或活字印刷術的單色的白紙黑字，以不同的顔色區别不同的内容，使讀者一目了然，這是中國古代印刷術的一大變革。但在當時及其後長達二百年内并未得到廣泛的應用。直至明代後期才在湖州一帶真正興起，此後廣泛流傳，精品迭出。這就不能不提到湖州凌氏、閔氏兩大刻書家族的巨大貢獻。兩大家族在彼此競争中，不斷改善套印技術，使其趨於精善，且套印的書籍涉及經史子集各部，範圍廣，受衆多，得到當時及後世的高度贊揚。凌氏的核心人物爲凌濛初（一五八〇—一六四四），字玄房，號初成、空觀主人等，浙江湖州人。因在家族中排行第十九而又被稱爲凌十九。明末曾任上海縣丞、徐州通判，頗有政聲。又以編著小説集《初刻拍案驚奇》《二刻拍案驚奇》聞名。二書與同時期馮夢龍的《喻世明言》《警世通言》《醒世恒言》合稱『三言二拍』，是中國古典短篇小説的代表。凌濛初早年科舉不利，遂致力於刊刻書籍。

此次影印出版所據底本即爲凌濛初朱墨二色套印本，正文爲墨字，天頭評點爲朱字，手寫上板。行間句讀亦爲紅色，十分醒目。半頁八行十九字，疏行大字，悦目怡神。未載刊刻年月。

本書分體編排，分五古、七古、五律、七律、五排、五絶、七絶，共七卷。據古代文學研究專家陳鐵民先生考證，此書所收王維詩篇目較明刊分體十卷本前六卷多出《過太乙觀賈生房》《相思》《山中》《書事》《失題》五首，少了《春日直門下省早朝》《口號又示裴迪》二首。此本文前有凌濛初跋，云：『今劉本止七卷，考縉表云詩筆十卷，豈并文賦他作之類爲十耶？兹卷悉因劉，從所校也。文賦諸篇，劉無評語，及餘人和章，劉本所無，故俱不贅及。』謂此本承襲劉辰翁本。但從書中文字看，存在一些諸本皆同、此本獨异的情况，説明凌氏在刊刻時曾做過校改工作。據以上情况推斷，此本應是一個曾參考過多種不同本子的重編本。

本書有南宋劉辰翁評，又附明顧璘評。劉辰翁，字會孟，别號須溪，南宋愛國詞人和詩評家，江西廬陵（今屬吉安）人，其人其事較爲著名，不贅述。顧璘（一四七六—一五四五），字華玉，號東橋，祖籍吴縣，徙居上元（今南京），弘治九年（一四九六）進士，官至南京兵部尚書，長於詩，與陳沂、王韋合稱『金陵三俊』，《明史》有傳。凌濛初跋云：『然劉評諸家，於右丞差簡，晚復得顧司空華玉所評益之，亦如獻吉之於襄陽，兩賢故堪對壘焉耳。』獻吉爲李夢陽字，襄陽是孟浩然籍貫。凌氏曾刻《孟浩然集》，收李夢陽評點。此處將李評孟詩與顧評王詩相提并論，顯示顧評之價值。是書所録顧璘評語，僅有五十餘條，然多雋語，尤善提煉詩篇之藝術特徵，闡發其審美意趣，其評《雜詩》云：『三詩皆淡中含情。』評《竹里館》云：『一時清興，適與景會。』評《春日與裴迪過新昌里訪吕逸人不遇》云：『信手拈來，頭頭是道，不可因其真率略其雅逸也。』这些點評都能給讀者以感染和啓發。

筆詩文也

唐進王右丞集表

臣縉言中使王承華奉宣進止令臣進亾書右丞維文章恩命忽臨以驚以喜退因編錄又竊感傷臣兄文詞立身行之餘力當官堅正秉操孤直縱居要劇不忘清淨實見時輩許以高流至於晩年彌加進道端坐虛室念茲無生乘興爲文未嘗廢業或散朋友之上或留篋笥之中臣近搜求尚慮零落詩筆共成十卷今且隨表奉進曲承

天鑒。下訪遺文。魂而有知。荷寵光於幽窆。殁而不朽。成大名於聖朝。臣不勝感戴悲歡之至。謹奉表以聞。臣縉誠惶誠恐。頓首頓首。謹言。

銀青光祿大夫尚書兵部侍郎兼御史大夫臣

王縉表上

唐代宗皇帝批答手敕

敕。卿之伯氏。天下文宗。位歷先朝。名高希代。抗行周雅。長揖楚辭。調六氣於終編。正五音於逸韻。泉飛藻思。雲散襟情。詩家者流。時論歸美。誦於人口。久鬱文房。歌以國風。宜登樂府。聽朝之後。乙夜將觀。石室所藏。殁而不朽。栢梁之會。今也則亡。乃眷棣華。克成編錄。聲猷益茂。歎息良深。

昫音許又去声

舊唐書文苑傳

唐端明殿學士中書侍郎兼吏部尚書監修國史右僕射同中書門下平章事劉昫撰

王維字摩詰。太原祁人。父處廉。終汾州司馬。徙家於蒲。遂爲河東人。維開元九年。進士擢第。事母崔氏以孝聞。與弟縉俱有俊才。博學多藝。亦齊名。閨門友悌。多士推之。歷右拾遺監察御史左補闕庫部郎中。居母喪。柴毀骨立。殆不勝喪。服闋。拜吏部郎中。天寶末爲給事中。祿山陷兩都。玄宗出幸。維扈從不及。爲賊所得。維服藥取痢。僞稱瘖病。祿山素憐之。遣人迎置雒陽。拘於普施寺。迫以僞署。祿山宴其徒於凝碧宮。其工皆梨園子弟教坊工人。維聞之悲惻。潛爲詩曰。萬戶傷心生野煙。百官何日再朝天。秋槐花落空宮裏。凝碧池頭奏管絃。賊平。陷賊官三等定罪。維以凝碧詩聞於行在。肅宗嘉之。會縉請削已刑部侍郎以贖兄罪。特宥之。譴

授太子中允乾元中遷太子中庶子中書舍人復
拜給事中轉尚書右丞維以詩名盛於開元天寶
間昆仲宦遊兩都凡諸王駙馬豪右貴勢之門無
不拂席迎之寧王薛王待之如師友維尤長五言
詩書畫特臻其妙筆蹤措思參於造化而創意經
圖即有所缺如山水平遠雲峯石色絕迹天機非
繪者之所及也人有得奏樂圖不知其名維視之
曰霓裳第三疊第一拍也好事者集樂工按之一

無差。咸服其精思。維弟兄俱奉佛。居常蔬食。不茹葷血。晚年長齋。不衣文綵。得宋之問藍田別墅在輞口。輞水周於舍下。別漲竹洲花塢。與道友裴迪浮舟往來。彈琴賦詩。嘯咏終日。嘗聚其田園所爲詩。號輞川集。在京師日飯十數名僧。以玄譚爲樂。齋中無所有。唯茶鐺藥臼經案繩牀而已。退朝之後。焚香獨坐。以禪誦爲事。妻亡不再娶。三十年孤居一室。屏絕塵累。乾元二年七月卒。臨終之際。以在鳳翔。忽索筆作別縉書。又與平生親故作別書數幅。多敦厲朋友奉佛修心之旨。捨筆而絕。代宗時縉爲宰相。代宗好文。嘗謂縉曰。卿之伯氏。天寶中詩名冠代。朕嘗於諸王座聞其樂章。今有多少文集。卿可進來。縉曰。臣兄開元中詩百千餘篇。天寶事。後十不存一。比於中外親故間相編綴。都得四百餘篇。翌日上之。帝優詔褒賞。縉自有傳。

新唐書文藝傳

宋端明殿學士兼翰林侍讀學士龍圖閣學士

朝請大夫守尚書吏部侍郎充集賢殿修譔

宋祁 字子京 奉敕譔

王維。字摩詰。九歲知屬辭。與弟縉齊名。資孝友。開元初。擢進士。調大樂丞。坐累爲濟州司倉參軍。張九齡執政。擢右拾遺。歷監察御史。母喪。毁幾不生。服除。累遷給事中。安祿山反。玄宗西狩。維爲賊得。

陽佯通假也

以藥下痢。陽瘖。祿山素知其才。迎置洛陽。迫爲給事中。祿山大宴凝碧池。悉召梨園諸工合樂。諸工皆泣。維聞悲甚。賦詩悼痛。賊平。皆下獄。或以詩聞行在。時縉位已顯。請削官贖維罪。肅宗亦自憐之。下遷太子中允。久之。遷中庶子。三遷尚書右丞。縉爲蜀州刺史。未還。維自表巳有五短。縉五長。臣在省戶。縉遠方。願歸所任官。放田里。使縉得還京師。議者不之罪。久乃召縉爲左散騎常侍。上元初。卒。

年六十一疾甚。縉在鳳翔。作書與別。又遺親故書
數幅。停筆而化。贈祕書監。維工草隸。善畫。名盛於
開元天寶間。豪英貴人。虛左以迎。寧薛諸王。待若
師友。畫思入神。至山水平遠。雲勢石色。繪工以爲
天機所到。學者不及也。客有以按樂圖示者。無題
識。維徐曰。此霓裳第三疊最初拍也。客未然。引工
按曲乃信。兄弟皆篤志奉佛。食不葷。衣不文綵。別
墅在輞川。地奇勝。有華子岡欹湖竹里館柳浪茱

喪妻不娶

孤居三十年

萸沜辛夷塢。與裴廸遊其中。賦詩相酬爲樂。喪妻不娶。孤居三十年。母亡。表輞川地爲寺。終葬其西。寶應中。代宗語縉曰。朕嘗於諸王座聞維樂章。今傳幾何。遣中人王承華往取。縉裒集數十百篇上之。

世謂新唐書校舊唐書事詳於前文省於以合觀此二傳

亦可見也

右丞詩集其兄（弟）宰相縉所進者本云十卷乃舊本蜀本俱止六卷惟近錫山顧氏本亦十卷然題以類分非其舊已今劉本止七卷致縉表云詩筆十卷豈并文賦他作之類為十耶茲卷悉因劉從所校也文賦諸篇劉無評語及餘人和章劉本所無故俱不贅及然劉評諸家於右丞差簡晚復得顧司空華玉所評益之亦如駁吉之於襄陽兩賢故堪對壘焉耳

吳興淩濛初識

侄毓柟校

卷二
七言歌行
卷三
五言律詩
卷四
七言律詩
卷五
五言排律
卷六○五七言排律
五言絶句
六言絶句

王摩詰目錄卷之一

五言古詩

卷七
七言絶句

宿鄭州

觀別者

送別

冬日遊覽

崔濮陽兄季重前山興

過季楫宅

渭川田家

春日田家作

春休沐維巳陪游及乎是行亦預聞命會
無車馬不果斯諾
和使君五郎西樓望遠思歸
酬黎居士浙川作
春寄韋太守陟
林園即事寄舍弟紞
贈從弟司庫員外絿
座上走筆贈薛璩慕容損

別綦毋潛

新晴晚望

自大散以往深林密竹蹬道盤曲四五十里

至黄牛嶺見黄花川

早入滎陽界

寓言

渡河到清河作

苦熱

納凉

濟上四賢詠三首

崔録事

成文學

鄭霍二山人

鷰子龕禪師

冬夜書懷

早朝

四言詩

王摩詰目録卷之一 終

此景自常有之其詩亦若無意故是佳趣

王摩詰詩集卷之一

附 姑蘇顧璘評

唐 藍田王 維 撰

宋 盧陵劉辰翁 評 字會孟有須溪集

五言古詩 四言附

藍田山石門精舍

落日山水好。漾舟信歸風。玩奇（一作寄）不覺遠。因以緣源窮。遙愛雲木秀。初疑（一作言）路不同。安知清流轉。偶與前山通。捨舟理輕策。果然愜所適。老僧四五人。逍遙

世外好事語

頎東橋云此篇韵用兩生字

蔭松柏朝梵未曙夜禪山（一作心）更寂道心及牧童世事問樵客暝宿長林下（一作井）焚香臥瑤席澗芳襲人衣山月映石壁再尋畏迷誤明發更登歷笑謝（一作問）桃源人花紅復來覿

贈房盧氏琯

達人無不可忘己愛蒼生豈復小千（一作十）室絃歌在兩楹浮人日已歸但坐事農畊桑榆鬱相望邑里多雞鳴秋山一何淨蒼翠臨寒城視事兼偃臥對書

頤云步驟選體

不簪纓。蕭條人吏散。鳥雀下空庭。鄙夫心所向。晚節異平生。將從海嶽居。守靜解天刑。或可累安邑。茅茨君試營。

贈祖三詠 濟州官舍作

蠨蛸掛虛牖。蟋蟀鳴前除。歲晏涼風至。君子復何如。高閣閒無人。離居不可道。閑門寂已閉。落日照秋草。雖有近音信。千里阻河關。中復客汝潁。去年歸舊山。結交二十載。不得一日展。貧病子既深。契

不必其人直自輸寫

頎云警語不在淺

濶余不淺。仲秋雖未歸。暮秋以爲期。良會詎幾日。終日長相思。

戲贈張五弟諲

吾弟東山時。心尚一何遠。日高猶自卧。鍾動始能飯。（作頭）領上髮未梳。床頭書不卷。清川與悠悠。空林對偃蹇。青苔石上淨。細草松下軟。窗外鳥聲閒。階前虎心善。徒然萬慮多。澹爾太虛緬。一知與物平。自顧爲人淺。對君忽自得。浮念不煩遣。

張弟五車書讀書仍隱居染翰過草聖賦詩輕子虛閉門二室下隱居十年餘宛如野人也時從漁父魚秋風日蕭索五柳高且疎望此去人世渡水向吾廬歲宴同携手只應君與予

設罝守毚兎垂釣伺游鱗此是安口腹非關慕隱淪吾生好清静蔬食去情塵今子方豪蕩思爲鼎食人我家南山下動息自遺身入鳥不相亂見獸皆相親雲霞成伴侶虛白侍衣巾何事須夫子邀

予谷口眞。

胡居士臥病遺米因贈

了觀四大因。根性何所有。妄計苟不生。是身孰休咎。色聲何謂客。陰界復誰守。徒言蓮華目。豈惡楊枝肘。既飽香積飯。不醉聲聞酒。有無斷常見。生滅幻夢受。卽病卽實相。趨空定狂走。無有一法眞。無有一法垢。居士素通達。隨宜善抖擻。牀上無氊臥。鎘中有粥否。齋時不乞食。定應空漱口。露葵自朝折黃粱不煩剖。聊持數斗米。且救浮生取。

休暇還舊業便使（唐選作盧象詩）

謝病始告歸。依依入桑梓。家人皆佇立。相候柴門裏。時輩皆長年。成人舊童子。上（一作嘉）堂家慶畢。願與姻親齒。論舊忽餘悲。目存且相喜。田園轉蕪沒。但有寒泉水。衰柳日蕭條。秋光清邑里。入門乍如昨。休騎非便止。中飯顧王程。離憂從此始。

宿鄭州

頗云淺不近俗當思其雜處

藹然戀闕之情

兩語已絶

朝與周人辭。莫投鄭地宿。他鄉絶儔侶。孤客親僮僕。宛洛望不見。秋霖晦平陸。田父草際歸。村童雨中牧。主人東皋上。時稼繞（一作遶）茅屋。虫思機杼鳴。（一作虫鳴机杼休）雀喧禾黍熟。（一作食）明當渡京水。昨晚（一作夜）猶金谷。此去欲何言。窮邊狥微祿。

觀別者

青青楊柳陌。陌上別離人。愛子遊燕趙。高堂有老親。不行無可養。行去百憂新。切切委兄弟。依依向

頗云情盡

帶字畫意當字天然

四隣都門悵飲別從此謝賓親揮淚逐前侶含悽動征輪車徒望不見時時起行塵余亦辭家者看之淚滿巾

送別　一作送綦毋潛落第還鄉

聖代無隱者英靈盡來歸遂令東山客不得顧采薇既至金門遠孰云吾道非江淮度寒食京洛縫一作兆春衣置酒長安道一作長廷送一作臨長道同心與我違行當浮桂棹未幾拂荊扉遠樹帶行客孤城一作村當落暉吾謀適不用勿

頎云用意厚

下字雅

平寬悲壯古意雅詞樂府所少

更似不須語言

又别又别有道之言

謂知者稀。

冬日遊覽

步出城東門。試騁千里目。青山橫蒼林。赤日團平陸。渭北走邯鄲。關東出函谷。秦地萬方會。來朝九州牧。雞鳴咸陽中。冠蓋相追逐。丞相過列侯。羣公餞光祿。相如方老病。獨歸茂陵宿。

崔濮陽兄季重前山興 山西去亦對維門

秋色有佳興。況君池上閑。悠悠西林下。自識門前

須云學問

山千里橫黛色數峯出雲間嵯峨對秦國合沓藏荆關殘雨斜日照夕嵐飛鳥還故人今尚爾歎息此頹顏

過李楫宅

閒門秋草色終日無車馬客來深巷中犬吠寒林一作籬下散髮時未簪道書行尚把與我同心人樂道安貧者一罷宜城酌一作水還歸洛陽社

渭川田家

顧云晚色好

斜光（一作陽）照墟落，窮巷牛羊歸。野老念牧童（一作僮僕），倚杖候荊扉。雉雊麥苗秀，蠶眠桑葉稀。田夫荷鋤立（一作至），相見語依依。即此羨閒逸，悵然吟（一作歌）式微。

顧云點化好卷耳之後得此吟諷情致自然抑揚有態

春日田園作

屋上春（一作新）鳩鳴，村邊杏花白（好）。持斧伐遠揚，荷鋤覘泉脈。歸燕識（一作舊）故巢（一作故），舊人看新曆。臨觴忽不御，惆悵遠（一作思）行客（遠）。

齊州送祖三（一作淇上別趙仙舟）

前四句只是眼前道不到者末句短嫩意傷

頎云清思甚多

相逢方一笑相送還成泣祖帳已傷離荒城復愁入天寒遠山淨（頎云時異上句）日暮長河急解纜君已遙望君猶（一作空）佇立

贈劉藍田

籬中（一作間）犬迎吠出屋候柴扉歲晏輸井稅山村人夜歸晚田始家（一作熟）食餘市成我衣詎肯無公事煩君問是非

歎白髮

我年一何長。鬢髮日已白。俛仰天地間。能爲幾時客。惆悵故山雲。徘徊空日夕。何事與時人。東城復南陌。

李陵詠 時年十九

漢家李將軍。三代將門子。結髮有奇策。少年成壯士。長驅塞上兒。深入單于壘。旌旗列相向。簫鼓悲何已。日暮沙漠垂。戰聲煙塵裏。將令驕虜滅。豈獨名王侍。既失大軍援。遂嬰穹廬耻。少小蒙漢恩。何

語有諷味似淺似深妙頗云事皆如此

堪。坐思此。深中欲有報。投軀未能死。引領望子卿。非君誰相理。

西施詠

艷色天下重。西施寧（一作之）久微。朝爲（一作仍）越溪女。暮（一作暝）作吳宮妃。賤日豈殊衆。貴來方悟稀。邀人傅脂粉。不自著羅衣。君寵益嬌態。君憐無是非。當時浣紗伴。莫得同車歸。持謝鄰家子。效顰安可希。

羽林騎閨人

頊云説浮些語出决是作家

秋月臨高城。城中管絃思。離人堂上愁。稚子堦前戲。出門復映戶。望望青絲騎。行人過欲盡。狂夫終不至。左右寂無言。相看共垂泪。

偶然作

趙女彈箜篌。復能邯鄲舞。夫婿輕薄兒。鬬雞事齊主。黃金買歌笑。用錢不復數。許史相經過。高門盈四牡。客舍有儒生。昻藏出鄒魯。讀書三十年。腰下一作間無尺組。被服聖人教。一生自窮苦。

楚國有狂夫。茫然無心想。散髮不冠帶。行歌南陌上。孔丘與之言。仁義莫能獎。未嘗肯問天。何事須擊壤。復笑採薇人。胡爲乃長往。

田舍有老翁。垂白衡門裏。有時農事閑。斗酒呼隣里。喧聒茅簷下。或坐或復起。短褐不爲薄。園葵固足美。動則長子孫。不曾向城市。五帝與三王。古來稱天子。（一作君）干戈將揖讓。畢竟何者是。得意苟爲樂。野田安足鄙。且當放懷去。行行沒餘齒。

日夕見太行沈吟未能去問君何以然世綱嬰我故小妹日成長兄弟未有娶家貧祿既薄儲蓄非有素幾回欲奮飛踟躕復相顧孫登長嘯臺松竹有遺處相去詎幾許故人在中路愛染日已薄禪習日已固忽呼吾將行寧俟歲云暮

陶潛任天眞其性頗耽酒自從棄官來家貧不能有九月九日時菊花空滿手心中竊自思倘有人送否白衣攜壺觴果來遺老叟且喜得斟酌安問

但可從此止

升輿出。奮衣野田中。今日嗟無有。（一作覓）兀傲迷東西。簑笠不能守。傾倒強行行。酣歌歸五柳。生事不曾問。肯愧家中帚。（一作婦）

又 一本無此首

老來嬾賦詩。惟有老相隨。（一作當代）宿世謬詞客。前身應畫師。不能捨餘習。偶被（一作時）世人知。名字本皆是。此心還不知。

晦日遊大理韋卿城南別業 四聲各用六韻

郊居杜陵下。永日同携手。仁（一作人）里藹川陽。平原見峯首。園廬鳴春鳩。林薄媚新柳。上卿始登席。故老前爲壽。臨當游（一作送）南陂。約畧執杯酒。歸與詶（一作謎）微官。惆悵心自咎。

其二

與世澹無事。自然江海人。側聞塵外遊。解驂（一作弁）輓朱輪。平（一作極）野照暄景。上天垂春雲。張組竟北阜。泛泛（一作舟）過東隣。故鄉信高會。牢醴及佳辰（一作家臣）。幸同擊壤樂。心荷

堯爲君

其三

冬中餘雪在墟上春流駛風日暢懷抱山川好天（一作多秀）氣彫胡先晨炊（一作豐酌）庖膾亦後至（一作雲）高情浪海岳浮生寄天地君子外簪纓埃塵良不啻所樂衡門中陶然忘其貴

其四

高館臨澄陂曠然（一作望一作理）蕩心目淡蕩動雲天玲瓏映墟

曲。鵲巢結空林。雉雊響幽谷。應接無閑暇。徘徊以躑躅。紆組上春堤。側弁倚喬木。弦望忽已晦。後期洲應綠。

飯覆釜山僧

晚知清淨理。日與人羣疎。將候遠山僧。先期掃弊廬。果從雲峯裏。顧我蓬蒿居。藉草飯松屑。焚香看道書。燃燈晝欲盡。鳴磬夜方初。已悟寂爲樂。此生閑有餘。思歸何必深。身世猶空虛。

送從弟蕃游淮南

讀書復騎射。帶劒游淮陰。淮陰少年輩。千里遠相尋。高義難自隱。明時寧陸沈。島夷九州外。泉館三山深。席帆聊問罪。卉服盡成擒。歸來見天子。拜爵賜黃金。忽思鱸魚鱠。復有滄洲心。天寒蒹葭渚。日落雲夢林。江城下楓葉。淮上聞秋砧。送歸青門外。車馬去駸駸。惆悵新豐樹。空餘天際禽。

丁寓田家有贈 一作田家贈丁寓

君心尚棲隱。久欲傷歸路。在朝每爲言。解印果成趣。晨雞鳴鄰里。羣動從所務。農夫行餉田。閨婦起縫素。開軒御衣服。散帙理章句。時吟招隱詩。或製閑居賦。新晴望郊郭。日映桑榆暮。（一作蔭晝）陰晝小苑城。微明渭川樹。揆予宅閭井。幽賞何由屢。道存終不忘。迹異難相遇。此時惜離別。再來芳菲度。

送魏（一作洸）郡李太守赴任

與君伯氏別。又欲與君離。君行無幾日。當復隔山陂。蒼茫秦川盡。日落桃林塞。獨樹臨關門。黃河向天外。前經洛陽陌。宛洛故人稀。故人離別盡。淇上轉驂騑。企予悲送遠。惆悵睢陽路。古木官渡平。秋城鄴宮（一作都）故。想君行縣日。其出從如雲。遥思魏公子。復憶李將軍。

别弟縉後登青龍寺望藍田山

陌上新别離。蒼茫四郊晦。登高不見君。故山復雲外。遠樹蔽行人。長天隱秋塞。心悲遊宦子。何處飛征蓋。

從軍行

吹角動行人。喧喧行人起。笳悲（一作應）馬嘶亂。爭渡金（一作黃）河水。日暮沙漠垂。戰（一作力戰）聲煙塵裏。盡繫名（一作蕃）王頸。歸來見天子。見一作獻一作報

扶南曲歌詞五首

翠羽流蘇帳。春眠曙不開。羞從面色起。嬌逐語聲來。早向朝陽殿。君王中使催。

堂上青絃動。堂前綺席陳。齊歌盧女曲。雙舞洛陽人。傾國徒相看。寧知心所親。
香氣傳空滿。粧華影箔通。歌聞天仗外。舞出御樓中。日暮歸何處。花間長樂宮。
宮女還金屋。將眠復畏明。入春輕衣好。半夜薄粧成。拂曙朝前殿。玉墀多佩聲。
朝日照綺窗。佳人坐臨鏡。散黛恨猶輕。插釵嫌未正。同心勿遽遊。幸待春粧竟。

隴西行

十里一走馬。五里一揚鞭。都護軍書至。匃奴圍酒泉。關山正飛雪。烽戍斷無煙。

早春行

紫梅發初徧。黃鳥歌猶澁。誰家折楊女。弄春如不及。愛水看粧坐。羞人映花立。香畏風吹散。衣愁露霑濕。玉閨青門裏。日落香車入。游衍益相思。含啼向彩幃。憶君長入夢。歸晚更生疑。不及紅簷鷰。雙栖綠草時。

奉和聖製登降聖觀與宰臣同望應制

鳳扆朝碧落。龍圖耀金鏡。維岳降二臣。戴天臨萬姓。山川八校滿。井邑三農竟。比屋皆可封。誰家不相慶。林疏遠村出。野曠寒山盡。帝城雲裏深。渭水天邊映。喜（一作嘉）氣含風景。頌聲溢歌詠。端拱能任賢。彌彰聖君聖。

奉和聖製御春明樓臨右相園亭賦樂賢詩

應制

複道通長樂。青門臨上路。遥聞鳳吹喧。暗識金輿度。褰旒明四目。伏檻紆三顧。小苑接侯家。飛甍映宫樹。商山原上碧。滻水林端素。銀漢下天章。瓊筵承湛露。將非富民寵。信以平戎故。從來簡帝心。詎得迴天步。

奉和聖製送不蒙都護兼鴻臚卿歸安西應制

上卿增命服。都護揚歸旆。雜虜盡朝周。諸胡皆自鄶。鳴笳瀚海曲。按節陽關外。落日下河源。寒山靜秋塞。萬方氛祲息。六合乾坤大。無戰是天心。天心同覆載。

瓜園詩 并序

維瓜園高塏。俯視南山形勝。二三時輩同賦是詩。兼命詞英數公。同用園字爲韻。韻任多少。時太子司議郎薛璩。發此題。遂同諸公云。

予適欲鋤瓜。倚鋤聽叩門。鳴騶導驄馬。常從夾朱軒。窮巷正傳呼。故人儻相存。携手追涼風。放心望乾坤。靄靄帝王州。宮觀一何繁。林端出綺道。殿頂播華幡。素懷在青山。若値白雲屯。迴風城西雨。返景原上村。前酌盈樽酒。往往聞清言。黄鸝轉深木。朱槿照空園。猶羨松下客。石上聞清猨。

同盧拾遺韋（一作章非）給事東山別業二十韻給事首

春休沐維巳陪游及乎是行亦預聞命會無
車馬不果斯諾（一本韋上有過字）

託身侍雲陛。昧旦（一作早）趨華軒。遂陪鵷鴻侶。霄漢同飛翻。君子垂惠顧。期我於田園。側聞景龍際。親降南面尊。萬乘駐山外。順風祈一言。高陽多夔龍。荊山積璵璠。盛德啓前烈。大賢鍾後昆。侍郎文昌宮。給事東掖垣。謁帝俱來下。冠蓋盈丘樊。閨風首邦族。庭訓延鄉村。采地包山河。樹井竟川原。巖端迴綺檻。谷口開朱門。階下羣峯首。雲中瀑水源。鳴玉滿春山。列筵先朝暾。會舞何颯踏。擊鍾彌朝昏。是時陽和節。清晝猶未暄。藹藹樹色深。嚶嚶鳥聲繁。顧已負宿諾。延頸慙芳蓀。蹇步守窮巷。高駕難攀援。素是獨往客。脫冠情彌敦。

和使君五郎西樓望遠思歸

高樓望所思。目極情未畢。枕上見千里。窗中窺萬室。悠悠長路人。曖曖遠郊日。惆悵極浦外。迢遞孤烟出能賦屬上才。思歸同下秩。故鄉不可見雲外空如一。

詶黎居士浙川作 曇壁上人院走筆成

儂家眞箇去。公定隨儂否。着處是蓮花。無心變楊柳松龕藏藥裹。石唇安茶臼。氣味當共知。那能不携手。

奉寄韋太守陟

荒城自蕭索。萬里山河空。天高秋日迥。嘹唳聞歸

鴻。寒塘暎衰草。高館落疎桐。臨此歲方晏。顧景詠
悲翁。故人不可見。寂寞平林東。

林園卽事寄舍弟絖

寓目一蕭散。消憂冀俄頃。青草肅澄陂。白雲移翠
嶺。後沔通河渭。前山包鄢郢。松含風裏聲。花對池
中影。地多齊后殰。人帶荊州瘦。徒思赤筆書。詎有
丹砂井。心悲常欲絕。髮亂不能整。青簟日何長。閑
門晝方靜。頹思茅簷下。彌傷好風景。

贈從弟司庫員外絿

少年識事淺。強學干名利。徒聞躍馬年。苦無出人智。即事豈徒言。累官非不識。既寡遂性歡。恐招負時累。清冬見遠山。積雪凝蒼翠。皓然出東林。發我遺世意。惠連素清賞。夙語塵外事。欲緩携手期。流年一何駛。

座上走筆贈薛璩慕容損

希世無高節。絕跡有卑棲。君徒視人文。吾固和天

倪緬然萬物始及與羣牧齊分地依后稷用天信
重黎春風何豫人令我思東溪草色有佳意花枝
稍含荑更待風景好與君藉萋萋

贈李頎

聞君餌丹砂甚有好顏色不知從今去幾時生羽
翼王母翳華芝望爾崑崙側文螭從赤豹萬里走
方息悲哉世上人甘此羶腥食

春夜竹亭贈錢少府歸藍田

夜靜羣動息。時聞隔林犬。卻憶山中時。人家澗西遠。羨君明發去。采蕨輕軒冕。

至滑州隔河望黎陽憶丁三寓

隔河見桑柘。藹藹黎陽川。望望行漸遠。孤峯沒雲煙。故人不可見。河水復悠然。賴有政聲遠。時聞行路傳。

秋夜獨坐懷内弟崔興宗

夜靜羣動息。蟪蛄聲悠悠。庭槐北風響。日夕方高秋。思子整羽翰。及時當雲浮。吾生將白首。歲晏思滄洲。高足在旦暮。肯爲南畝儔。

贈裴十迪

風景日夕佳。與君賦新詩。澹然望遠空。如意方支頤。春風動百草。蘭蕙生我籬。曖曖日暖閨。田家來致詞。欣欣春還臯。淡淡水生陂。桃李雖未開。荑萼滿芳（一作其）枝。請君理還策。敢告將農時。

與胡居士皆病寄此詩兼示學人 梵志體

一興微塵念。橫有朝露身。如是覩（一作都）陰界。何方置我人。礙有固爲主。趣空寧捨賓。洗心詎懸解。悟道正迷津。因愛果生病。從貪始覺貧。色身非彼妄。浮幻即吾眞。四達竟何遣。萬殊安可塵。胡生但高枕。寂寞與誰鄰。戰勝不謀食。理齊甘負薪。予若未始異。詎論疎與親。

其二

浮空徒漫漫。汎有定悠悠。無乘及乘者。所謂智人舟。詎捨貧病域。不疲生死流。無煩君騎馬。任以我爲牛。植福祠迦葉。求仁笑孔丘。何津不鼓棹。何路不摧輈。念此聞思者。何爲多阻脩。空虚華聚散。煩惱樹稀稠。滅想成無記。生心坐有求。降吳復歸越。不到莫相尤。

華岳

西岳出浮雲。積翠在大清。連天凝黛色。百里遥青冥。白日爲之寒（一作大）。森沈華陰城。昔聞乾坤閉（一作閑。一作變）造化生巨靈右足踏方止（一作山）。左手推削成。天地忽開拆。大河注東溟。遂為西峙岳（一作岳峙）。雄雄鎮秦京。大君包覆載。至德被羣生。上帝佇昭告。金天思奉迎。人祇望幸久。何獨禪云亭。

青溪（一作過青溪水作）

言入黃花川。每逐青溪水。隨山將萬轉。趣途無百里。聲喧亂石中。色靜深松裏。漾漾（一作演漾）泛菱荇。澄澄映葭葦。我心素已閑。清（一作明）川澹如此。請留盤（一作磐）石上。垂釣

將已矣。一作李

石處士山居

君子盈天階。小人甘自免。方隨鍊金客。林上家絕巘。背嶺花未開。入雲樹深淺。清晝猶自眠。山鳥一時囀。

謁璿上人并序

上人外人內天。不定不亂。捨法而淵泊。無心而雲動。色空無礙。不物物也。默語無際。

不言言也。故吾徒得神交焉。玄關大啓。德
海羣泳。時雨旣降。春物具美。序於詩者。人
百其言。

少年不足言。識道年已長。事往安可悔。餘生幸能
養。誓從斷臂血。不復嬰世網。浮名寄纓珮。空性無
羈鞅。夙從大導師。焚香此瞻仰。頹然居一室。覆載
紛萬象。高柳早鶯啼。長廊春雨響。牀下阮家屐。窗
前筇竹杖。方將見身雲。陋彼示天壤。一心在法要。

願以無生獎。

送康太守

城下滄江水。江邊黃鶴樓。朱欄將粉堞。江水映悠悠。鐃吹發夏口。使君居一作勞上頭。郭門隱楓岸。候吏趍蘆洲。何異臨川郡。還來康樂侯。

送陸員外

郎署有伊人。居然古人風。天子顧河北。詔書除征一作隸東。拜手辭上官。緩步出南宮。九河平原外。七國薊門中。陰風悲枯桑。古塞多飛蓬。萬里不見虜。蕭條胡地空。無爲費中國。更欲邀奇功。遲遲前相送。握手嗟異同。行當封侯歸。肯訪南山翁。

送宇文太守赴宣城

遼落雲外山。迢遞舟中賞。鐃吹發西江。秋空多清響。地迥古城蕪。月明寒潮廣。時賽敬亭神。復解罟師網。何處寄相思。南風摇（一作吹）五兩。

送綦毋校（一作秘）書棄官還江東

明時久不達。棄置與君同。天命無怨色。人生有素風。念君拂衣去。四海將安窮。秋天萬里淨。（一作澄）日暮九江空。淸夜何悠悠。扣舷明月中。和光魚鳥際。澹爾蒹葭叢。無庸客昭世。衰鬢白如蓬。頑疎暗人事。僻陋遠天聰。微物縱可採。其誰爲至公。余亦從此去。歸耕爲老農。

送六舅歸陸渾

伯舅吏淮泗。卓犖方喟然。悠哉自不競。退耕東皐田。條桑臘月下。種杏春風前。酌醴賦歸去共知陶令賢。

○送別

下馬飲君酒。問君何所之。君言不得意。歸臥南山陲。但去莫復問。白雲無盡時。

、　送張五歸山

送君盡惆悵。復送何人歸。幾日同携手。一朝先拂衣。東山有茅屋。幸爲歸荆扉。當亦謝官去。豈令心事違。

送縉雲苗太守

手疏謝明主。腰章爲長吏。方從會稽邸。（一作郊）更發汝南騎。按節下松陽。淸江響鐃吹。露冕見三吳。方知百城貴。

送權二（一作三）

高人不可友（一作有）。淸論復何深。一見如舊識。一言知道心。明時當薄宦。解薜去中林。芳草空隱處。白雲餘

故岑韓侯久携手河嶽共幽尋悵別千餘里臨堂鳴素琴

送高適弟耽歸臨淮作（一作適非）（座上作）

少年客淮泗落魄居下邳遨遊向燕趙結客過臨淄山東諸侯國迎送紛交馳自爾厭遊俠閉戶方垂帷深明戴家禮頗學毛公詩備知經濟道高臥陶唐時聖主詔天下賢人不得遺公吏奉纁組安車去茅茨君王蒼龍闕九門十二逵羣公朝謁罷

冠劍下丹墀。野鶴終踉蹌。威鳳徒參次。或問理人術。但致還山詞。天書降北闕。賜帛歸東菑。都門謝親故。行路日逶遲。孤帆萬里外。淼漫將何之。江天海陵郡。雲日淮（一作南）陰祠。杳冥滄洲上。蕩漭無人知。緯蕭或賣藥。出處安能期。

送張舍人佐江州同薛據十韻

東帶趨承明。守官唯謁者。清晨聽銀蚪。薄暮辭金馬。受辭未嘗易。當是方知寡。清範何風流。高文有風雅。忽佐江上州。當自潯陽下。逆旅到三湘。長途應百舍。香爐遠峯出。石鏡澄湖瀉。董奉杏成林。陶潛菊盈把。范蠡常好之。廬山我心也。送君思遠道。欲以數行灑。

送韋大夫東京留守

人外遺世慮。空端結遐心。曾是巢許淺。始知堯舜深。蒼生詎有物。黃屋如喬林。上德撫神運。沖和穆宸襟。雲雷康屯難。江海逐飛沈。天工寄人英。龍袞贍君臨。名器苟不假。保釐固其任。素質貫方領。清景照華簪。慷慨念王室。從容獻官箴。雲旗蔽三川。畫角發龍吟。晨揚天漢聲。夕卷大河陰。窮久業已寧。逆虜遺之擒。然後解金組。拂衣東山岑。給事黃門省。秋光正沈沈。功名與身退。老病隨年侵。君子從相訪。重玄其可尋。

留別山中溫古上（一作將）人兄并示舍弟縉

解薜登天朝。去師偶時哲。豈唯山中人。兼負松上月。宿昔同游止。致身雲霞末。開軒臨潁陽。卧視飛鳥沒。好依盤石飯。屢對瀑泉渴。理齊少狎隱。道勝寧外物。舍弟官崇高。宗兄此(一作比祇)削髮。荊扉但灑掃。乘閑當過歇。

別弟妹

兩妹日成長。雙鬟將及人。已能持寶瑟。自解掩羅巾。念昔別時小。未知疏與親。今來始離恨。拭淚方殷懃。

其二

小弟更孩幼。歸來不相識。同居雖漸慣。見人猶未覓。宛作越人語。殊甘水鄉食。別此最爲難。淚盡有餘憶。

別綦毋潛

端笏明光宮（一作殿）。歷稔朝雲陛。詔刊延閣書。高議平津邸。（一作適意輕微祿，遇人。削繁禮）適意偶輕人。虛心削繁禮。盛得江左風。彌工建安體。高張多夕綖。截河有清濟。嚴冬爽羣木。伊洛方清泚。渭水冰下流。潼關雪中啓。荷蓧幾時還。塵纓待君洗。

新晴晚望

新晴原野曠。極目無氛垢。郭門臨渡頭。村樹連溪口。白水明田外。碧峯出山後。農月無閑人。傾家事南畝。

自大散以往深林密竹蹬道盤曲四五十里至黃牛嶺見黃花川

危徑幾萬轉，數里將三休。迴環見徒侶，隱暎隔林丘。颯颯松上雨，潺潺石中流。靜言深溪裏，長嘯高山頭。望見南山陽，白露靄悠悠。青皐麗已淨，綠樹鬱如浮。曾是厭蒙密，曠然消人憂。

早入滎陽界

泛舟入滎澤，茲邑乃雄藩。河曲閭閻隘，川中烟火繁。因人見風俗，入境聞方言。秋晚田疇盛，朝光市井喧。漁商波上客，雞犬岸傍村。前路白雲外，孤帆安可論。

寓言

朱紱誰家子。無乃金張孫。驪駒從白馬。出入銅龍門。問爾何功德。多承明主恩。鬬雞平樂館。射雉上林園。曲陌車騎盛。高堂珠翠繁。奈何軒冕貴。不與布衣言。

君家御溝上。垂柳夾朱門。列鼎會中貴。鳴珂朝至尊。生死在八議。窮達由一言。須識苦寒士。莫矜狐

白溫、

渡河到清河作

泛舟大河裏。積水窮天涯。天波忽開拆。羣邑千萬家。行復見城市。宛然有桑麻。迴瞻舊鄉國。淼漫連雲霞。

苦熱

赤日滿天地。火雲成山岳。草木盡焦卷。川澤皆竭涸。輕紈覺衣重。密樹苦陰薄。莞簟不可近。絺綌再三濯。思出宇宙外。曠然在寥廓。長風萬里來。江海蕩煩濁。却顧身爲患。始知心未覺。忽入甘露門。宛然清涼樂。

納涼

喬木萬餘株。清流貫其中。前臨大川口。豁達來長風。漣漪涵白沙。素鮪如游空。偃臥盤石上。翻濤沃微躬。漱流復濯足。前對釣漁翁。貪餌凡幾許。徒思蓮葉東。

濟上四賢詠三首

崔錄事

解印歸田里。賢哉此丈夫。少年曾任俠。晚節更爲
儒。遁（一作迹）世東山下。因家滄海隅。已聞能狎鳥。余欲共
乘桴。

成文學

寶劍千金裝。登君白玉堂。身爲平原客。家有邯鄲
娼。使氣公卿座。論（一作交）心游俠場。中年不得志（一作意）。謝病客

游梁。

鄭霍二山人 一作寄崔鄭二山人

翩翩繁華子。多出一作事金張門。幸有先人業。早蒙明主恩。童一作同年且末一作未學。肉食鶩華軒。豈乏中林士。無人薦至尊。鄭公老泉石。霍子安丘樊。賣藥不二價。著書盈一作仍萬言。息陰無惡木。飲水必清源。吾賤不及議。斯人竟誰論。

鶖子龕禪師 一本有詠字

山中鷲子龕。路劇羊腸惡。裂地競盤屈。插天多峭嶁。瀑泉吼而噴。怪石看欲落。伯禹訪未知。五丁愁不鑿。上人無生緣。生長居紫閣。六時自搥磬。一飲尚帶索。種田燒白雲。斫漆響丹壑。行隨拾栗猿。歸對巢松鶴。時許山人請。偶逢洞仙博。救世多慈悲。即心無行作。周商倦積阻。蜀物多淹泊。巖腹乍旁穿。澗脣時外拓。橋因倒樹架。柵値垂藤縛。鳥道悉已平。龍宮爲之涸。跳波誰揭厲。絕壁免捫摸。山木日陰陰。結跏歸舊林。一向石門裏。任君春草深。

冬夜書懷

冬宵寒且永。夜漏宮中發。草白靄繁霜。木衰澄清月。麗服暎頹顏。朱燈照華髮。漢家方尚少。顧影慙朝謁。

早朝

此詩與五律早朝一首或公一時所作

皎潔明星高。蒼茫遠天曙。槐霧暗一作鬱不開。城鴉鳴稍去。始聞高閣聲。莫辨更衣處。銀燭已成行。一作重金門儼騶馭。

獻始興公 時拜右拾遺

寧棲野樹林。寧飲澗水流（一作中）。不用坐粱肉。崎嶇見王侯。鄙哉匹夫節。布褐將白頭。任智誠則短。守仁固其優。側聞大君子。安問黨與讎。所不賣公器。動爲蒼生謀。賤子跪自陳。可爲帳下不。感激有公議。曲私非所求。

哭殷遥

人生能幾何。畢竟歸無形。念君等為死。萬事傷人情。慈母未及葬。一女纔十齡。泱漭（一作訣別）寒郊外。蕭條聞哭聲。浮雲為蒼茫。飛鳥不能鳴。行人何寂寞。白日（一作日色）自淒清。憶昔君在時。問我學無生。勸君苦不早。令君無所成。故人各有贈。又不及平生。負爾非一途。痛哭返柴荊。

故南陽夫人樊氏輓歌

石窌恩榮重。金吾車騎盛。將朝每贈言。入室還相敬。疊鼓秋城動。懸旌寒日暎。不言長不歸。環珮猶將聽。

四言

酬諸公見過 時官出在輞川莊

嗟余未喪。哀此孤生。屏居藍田。薄地躬耕。歲晏輸税。以奉粢盛。

晨往東皐。草露未晞。暮看煙火。漁擔一作負來歸。我聞有客。足埽荆扉。

簞食伊何。副瓜抓棗。仰厠羣賢。皤然一老。媿無莞簟。班荊席藁。

汎汎登陂。折彼荷花。淨觀素鮪。俯映白沙。山鳥羣飛。日隱輕霞。

登車上馬。倏忽雨散。雀噪荒村。雞鳴空館。還復幽獨。重欷累歎。

王摩詰詩集卷之一　終

王摩詰目錄卷之二

七言歌行

同崔傅答賢弟

送崔五太守

夷門歌

洛陽女兒行

故人張諲工詩善易卜兼能丹青草隸頃以
詩見贈聊獲酬之

隴頭唫

寒食城東即事

白鼋渦

贈裴廸

榆林郡歌

問寇校書雙溪

寄崇梵僧

奉和聖製天長節賜宰臣歌應制

同比部員外十五夜游有懷靜者季

贈吳官

王摩詰目録卷之二終

王摩詰詩集卷之二

唐　藍田王　維　撰
宋　廬陵劉辰翁　評

七言歌行

登樓歌

聊上君兮高樓。飛甍鱗次兮在下。俯十二兮通衢
綠槐參差兮車馬。却瞻兮龍首。前眺兮宜春。王畿
鬱兮千里。山河壯兮咸秦。舍人下兮青宮。據胡床

碩云入騷

兮書空。執戟疲於下位。老夫好隱兮墻東。亦幸有張伯英草聖兮龍騰虬躍。擺長雲兮捩迴風。琥珀酒兮彫胡飯。君不御兮日將晚。秋風兮吹衣。夕鳥兮爭返。孤砧發兮東城。林薄暮兮蟬聲遠。時不可兮再得。君何為兮偃蹇。

送友人歸山歌

山寂寂兮無人。又蒼蒼兮多木。羣龍兮滿朝。君何為兮空谷。文寡和兮思深。道難知兮行獨。悅石上不用楚詞自適目前詞少而意多尚覺磐谷歌意為斤。

宋玉之下陶潛之上甚似晉人不知者以為氣短知者以為琴操之餘音也

頌云騷句極多騷之变也

兮流泉。與松間兮草屋。入雲中兮養雞。上山頭兮抱犢。神與棗兮如瓜。虎賣杏兮收穀。愧不才兮妨賢。嫌既老而貪祿。誓解印兮相從。何詹尹兮可卜。

點景狀意色、自別

山中人兮欲歸。雲冥冥兮雨霏霏。水驚波兮翠管靡。白鷺忽兮翻飛。君不可兮褰衣。山萬重兮一雲。混天地兮不分。樹晻曖兮氛氳。猿不見兮空聞。忽山西兮夕陽。見東皋兮遠村。平蕪綠兮千里。眇惆悵兮思君。

滿蒿風致收拾處常嫩而短使人情事欲絶起語嫋

黃雀癡

黃雀癡。黃雀癡。謂言青鷇是我兒。一一口銜食養得成毛衣。到大啁啾解游颺。各自東西南北飛。薄暮空巢上。羈雌獨自歸。鳳凰九雛亦如此。慎莫愁思憔悴損容輝。

○老將行

少年十五二十時。步行奪取（一作得）胡馬騎（頎云天然）。射殺山中（一作陰山）白額虎。肯數鄴下黃鬚兒。一身轉戰三千里。一劍曾

嫩復勝老語

愈出愈奇

當百萬師漢兵奮迅如霹靂虜騎崩騰畏蒺藜衛
青不敗由天幸李廣無功緣數奇自從棄置更衰
頎云此下一段寫出老退
朽世事蹉跎成白首昔時飛箭無全目今日垂楊（一作茫茫）
生左肘路傍時賣故侯瓜門前學種先生柳蒼茫
古木連窮巷寥落寒山對虛牖誓令疏勒出飛泉
不似潁川空使酒賀蘭山下陣如雲羽檄交馳日
頎云又突起一節
夕聞節使三河募年少詔書五道出將軍試拂鐵（一作救）
衣如雪色聊持寶劍動星文願得燕弓射天將恥

頤云老當益壯須用雲中守佶方有力

令越甲鳴吾君。（一作吳軍）莫嫌舊日雲中守。猶堪一戰立功勳。

頤云壯

燕支行

漢家天將才且雄。來時謁帝明光宮。萬乘親推雙闕下。千官出餞五陵東。誓辭甲第金門裏。身作長城玉塞中。衛霍才堪一騎將。朝廷不（一作莫）數貳師功。趙魏燕韓多勁卒。關西俠少何咆勃。報讐只是聞嘗膽。飲酒不曾妨刮骨。畫戟彫戈白日寒。連旗大旆

頎云通前篇是大學力

頎云敘淂絕妙

黃塵沒疊鼓遥翻瀚海波鳴笳亂動天山月麒麟錦帶佩吳鉤颯沓青驪躍紫騮拔劍已斷天驕臂歸鞍共飲月支頭漢兵大呼一當百虜騎相看哭且愁教戰雖令赴湯火終知上將先伐謀

桃源行

漁舟逐水愛山春兩岸桃花夾去津（一作古）坐看紅樹不知遠行盡青溪不見人（一作忽值）山口潛行始隈隩山開曠望旋平陸遥看一處攢雲樹近入千家散花竹樵

碩云不是摩詰道不得

客初傳漢姓名居人未改秦衣服居人共住武陵源還從物外起田園月明松下房櫳靜（一作淨）日出雲中雞犬喧驚（一作忽）聞俗客爭來集競引還家問都（一作鄉）邑平明閭巷掃花開薄暮漁樵乘水入初因避地去人間更（一作及至）聞成仙遂（一作去）不還峽裏誰知有人事世中遙望空雲山不疑靈境難聞見塵心未盡思鄉縣出洞無論隔山水辭家終擬長游衍自謂經過舊不迷安知峯（一作岑）壑今來變當時只記入山深青溪幾度（一作曲）到雲

林春來偏是桃花水不辨仙源何處尋。

同崔傅答賢弟

洛陽才子姑蘇客。杜苑一作宛姝非故一作儒鄉陌。九江楓樹幾回青。一片揚州五湖白。揚州時有下江兵。蘭陵鎮前吹笛聲。夜火人歸富春郭。秋風鶴淚石頭城。周郎陸弟爲儔侶。對舞前溪歌白苧。曲几書留小史家。草堂碁賭山陰墅。衣冠若話外臺臣。先數夫君席上珍。更聞臺閣求三語。遥想風流第一人。

領云不見斧痕

送崔五太守

長安廐吏來到門。朱文（一作未央）露網動行軒。黃花縣西九折坂。玉樹南宮五丈原。褒斜谷中不容幰。惟有白雲當露冕。子午山裏杜鵑啼。嘉陵水頭行客飯。劍門忽斷蜀川開。萬井雙流滿眼來。霧中遠樹刀州出。天際澄江巴字回。使君年幾（一作紀）三十餘。少年白皙專城居。欲持畫省郎官筆。回與臨邛父老書。

夷門歌

董〻許不可易頭〻云容易數語悉盡曲折

七雄雄雌猶未分（一作国）。攻城殺將何紛紛。秦兵益圍邯鄲急。魏王不救平原君。公子為嬴停駟馬。執轡愈恭意愈下。亥為屠肆鼓刀人。嬴乃夷門抱關者。非但慷慨獻奇謀（一作良）。意氣兼將身命酬。向風刎頸（一作頭）送公子。七十老翁何所求。

洛陽女兒行（時年十六作）

洛陽女兒對門居。纔可容顏十五餘。良人玉勒乘驄馬。侍女金盤膾鯉魚。畫閣朱樓盡相望。紅桃綠柳垂簷向。羅幃送上七香車。寶扇迎歸九華帳。狂夫富貴在青春。意氣驕奢劇季倫。自憐碧玉親教舞。不惜珊瑚持與人。春窻曙滅九微火。九微片片飛花璅。戲罷曾無理曲時。粧成祇是熏香坐。城中相識盡繁華。日夜經過趙李家。誰憐越女顏如玉。貧賤江頭自浣紗。

故人張諲工詩善易卜兼能丹青草隸頂以詩見贈聊獲酬之

頓云亹〻説故事不覺重疊

次第轉摺恨惋何限非長篇可及

不逐東城游俠兒。隱囊紗帽坐彈棊。蜀中夫子時開卦。洛下書生（作諸）解詠詩。藥欄花徑衡門裏。時復據梧聊隱几。屏風誤點惑孫郎。團扇草書驚內史。故園高桃度三春。永日垂帷絕四鄰。自想（一作惜）蔡邕今已老。更將書籍與何人。

隴頭吟

長安少年游俠客。夜上戍樓看太白。隴頭明月迥臨關。隴上行人夜吹笛。關西老將不勝愁。駐馬聽

自是活動顧云摩詰七言絶高情景故寔隨取隨足

之雙淚（一作涕）流身經大小百餘戰麾下偏裨萬戶侯蘇武纔爲典屬國節旄空盡（一作零落）海西頭

寒食城東即事

清溪一道穿桃李演漾綠蒲涵白芷谿上人家凡幾家落花半落東流水蹴踘屢過飛鳥上秋千競出垂楊裏少年分日作傲遊不用清明兼上巳

顧云無緊慢說出

不遇詠

北闕獻書寢不報南山種田時不登百人會中身

不預。五侯門前心不能。身投河朔飲君酒。家在茂陵平安否。且共登山復臨水。莫問春風動楊柳。今人作人多自私。我心不說君應知。濟人然後拂衣去。肯作徒爾一男兒。

雙黃鵠歌送別 時為節度判官在涼州作

天路來兮雙黃鵠。雲上飛兮水上宿。撫翼和鳴整羽族。不得已。忽分飛。家在玉京朝紫微。主人臨水送將歸。悲笳嘹唳垂舞衣。賓欲散兮復相依。幾往返兮極浦。尚徘徊兮落暉。岸上火兮相迎。將夜入兮邊城。鞍馬歸兮佳人散。悵離憂兮獨含情。

新秦郡松栢歌

青青山上松。數里不見今更逢。不見君。心相憶。此心向君君應識。爲君顔色高且閑。亭亭迥出浮雲間。

青雀歌

青雀翅羽短。未能遠食玉山禾。猶勝黄雀爭上下。

唧唧空倉復若何。

贈徐中書望終南山歌

晚下兮紫微。悵塵事兮多違。駐馬兮雙樹。望青山兮不歸。

魚山神女祠歌

迎神曲

坎坎擊鼓。魚山之下。吹洞簫。望極浦。女巫進。紛屢舞。陳瑤席。湛清酤。風凄凄（一作又）兮夜雨。（一本上有不知二字）神之來兮不來。

使我心兮苦復苦。（一作使我心苦）

送神曲

紛進拜兮堂前。目眷眷兮瓊筵。來不言（一作語）兮意不傳。作暮雨兮愁空山。悲急管思（一作兮）繁絃。靈之駕兮儼欲旋倏雲收（一作消）兮雨歇。山青青兮水潺湲。

白黿渦 雜言泛筆

南山之瀑水兮。激石㵘瀑似雷驚。人相對兮。不聞語聲。翻渦跳沫兮蒼苔濕。蘚老且厚。春草爲之不生。獸不敢驚動。鳥不敢飛鳴。白黿渦濤戲瀨兮。委身以縱横。主人之仁兮。不網不鈎。得遂性以成生。

贈裴廸 雜言

不相見。不相見來久。日日泉水頭。常憶同攜手。攜手本同心。復歎忽分襟。相憶今如此。相思深不深。

榆林郡歌 雜言

山頭松柏林。山下泉聲傷客心。千里萬里春草色。黄河東流流不息。黄龍戍上游俠兒。愁逢漢使不相識。

問寇校書雙溪

君家少室西。復爲少室東。別來幾日今春風。新買雙溪定何事。餘生欲寄白雲中。

寄崇梵僧

崇梵僧。崇梵僧。秋歸覆釜春不還。落花啼鳥紛紛亂。澗戶山窻寂寂閑。峽裏誰知有人事。郡中遥望空雲山。

奉和聖製天長節賜宰臣歌應制

大陽升兮照萬方。開閶闔兮臨玉堂。儼冕旒兮垂衣裳。金天淨兮麗三光。彤庭曙兮延八荒。德合天兮禮神遍。靈芝生兮慶雲見。唐堯后兮稷禹臣。匪宇宙兮華胥人。盡九服兮皆四鄰。乾降瑞兮坤獻珍。

同比部員外十五夜游有懷靜者季 雜言

承明少休沐。建禮省文書。夜漏行人息。歸鞍落日

餘懸知三五夕萬戶千門闢夜出曙翻歸傾城滿
南陌陌頭馳騁盡繁華王孫公子五侯家由來月
明如白日共道春燈勝百花聊看侍中千寶騎強
識小婦七香車香車寶馬共喧闐箇裏多情俠少
年競向長楊柳市北肯過精舍竹林前獨有仙郎
心寂寞却將晏坐爲行樂倘覺忘懷共往來幸霑
同舍甘藜藿

贈吳官

長安客舍熱如煮。無箇茗糜難御暑。空搖白團其諦苦。欲向縹囊還歸旅。江鄉鯖鮓不寄來。秦人湯餅那堪許。不如儂家任挑達。草屩撈蝦富春渚。

雪中憶李楫 雜言

積雪滿阡陌。故人不可期。長安千門復萬戶。何處蹀躞黃金羈。

送李睢陽

將置酒。思悲翁。使君去。出城東。麥漸漸。雉子斑。槐陰陰。到潼關。騎連連。車遲遲。中心悲。宋又遠。周間之。南淮夷。東齊兒。碎碎織練與素絲。遊人賈客信難持。五穀前熟方可爲。下車閉閤君當思。天子當殿儼衣裳。大官尚食陳羽觴。彤庭散綬垂鳴璫。黄紙詔書出東廂。輕紈疊綺爛生光。宗室子弟君最賢。分憂當爲百辟先。布衣一言相爲死。何況聖主恩如天。鸞聲噦噦晉侯旗。明年上計朝京師。須憶今日斗酒別。慎勿富貴忘我爲。

○答張五弟 雜言

終南有茅屋。前對終南山。終年無客長閉關。終日無心長自閑。不妨飲酒復垂釣。君但能來相往還。

王摩詰詩集卷之二終

王摩詰目錄卷三

五言律詩

從岐王夜讌衛家山池應教

奉和楊駙馬六郎秋夜即事

春日上方即事

山居秋暝

山居即事

秋夜獨坐

冬晚對雪憶胡居士家

歸嵩山作

喜祖三至留宿

黎拾遺昕裴廸見過秋夜對雨之作

待儲光羲不至

送元中丞轉運汜淮

送李判官赴江東

送邢桂洲

送梓州李使君

送楊長史赴果州

送崔興宗

送張五諲歸宣城

送崔三往密州覲省

送孫二

送友人南歸

送趙都督代州

送劉司直赴安西

送張判官赴河西

送平澹然判官

送李員外賢郎

送張道士歸山

同崔興宗送瑗公

留別錢起

留別丘爲

過福禪師蘭若

夏日過青龍寺謁操禪師

過香積寺

登辨覺寺

過感化寺曇興上人仙院

遊李山人所居因題屋壁

漢江臨帆

泥前陂

終南山

登河北城樓作

裴廸秀才小亭作

涼州郊外游望

觀獵

酬嚴少尹徐舍人見過不遇

酬張少府

酬虞部蘇員外過藍田別業不見留之作

酬比部楊員外暮宿琴堂朝躋書閣率爾見

贈之作

酬賀四贈葛巾之作

寄荆州張丞相

被出濟州

使至塞上

晩春閨思

過秦王墓

雜詩

酬慕容上

目錄三卷終

王摩詰詩集卷之三

唐　藍田王維撰
宋　廬陵劉辰翁評

五言律詩

奉和聖製賜史供奉曲江應制

侍從有鄒枚。瓊筵就水開。言陪柏梁宴。新下建章一作自來。對酒山河滿。移舟草樹迴。天文同麗日。駐景惜行杯。

頎云乏趣

頎云藏、出字有趣

早朝

柳暗百花明，春深五鳳城。城烏（一作鴉）睥睨曉，宮井轆轤聲。方朔金門侍，班姬玉輦迎。仍聞遣方士，東海訪蓬瀛。

同崔員外秋宵寓直

建禮高秋夜，承明候曉過。九門寒漏徹，萬井曙鍾多。月迥藏珠斗，雲消（一作開）出絳河。更慚衰朽質，南陌共鳴珂。

聽宮鶯

春樹繞宮墻。春鶯囀曙光。（一作宮鶯次第翔）忽驚啼暫斷。移處弄還長。隱葉棲承露。攀花出未央。遊人應未返。爲此思故鄉。

和尹諫議史館山池

雲（一作堂）館接天居。霓裳侍玉除。春池百子外。芳樹萬年餘。洞有仙人籙。山藏太史書。君恩深漢帝。且莫上空虛。（一作雲）

頎云句內生意更細便淺從

從岐王過楊氏別業應教

楊子譚經所（一作處）淮王載酒過。興闌啼鳥換（一作緩）坐久落花多。徑轉迴銀燭。林開散玉珂。嚴城時未啓。前路擁笙歌。

從岐王讌衛家山池應教

座客香貂滿。宮娃綺幔張。澗花輕粉色。山月少燈光。積翠紗窗（一作透）暗。飛泉繡戶涼。還將歌舞出。歸路莫愁長。

新異

奉和楊駙馬六郎秋夜即事

高樓月似霜秋夜鬱金堂對坐彈盧女同看舞鳳凰少兒多送酒小玉更焚香結束平陽騎明朝入建章

春日上方即事

好讀高僧傳時看辟穀方鳩形將刻杖龜殼用支床柳色春山暎（一作花明）梨花夕鳥藏北窻桃李下閒坐（一作步）但焚香

總無可點自是好

自是維特頓云決非俗物可及

○山居秋暝

空山新雨後。天氣晚來秋。明月松間照。清泉石上流。竹喧歸浣女。蓮動下漁舟。隨意春芳歇。王孫自可留。

山居即事

寂寞掩柴扉。蒼茫對落暉。鶴巢松逕遍。人訪蓽門稀。嫩竹含新粉。紅蓮落故衣。渡頭燈火起。處處採菱歸。

傾云極平易有點化

秋夜獨坐

獨坐悲雙鬢，空堂欲二更。雨中山果落，燈下草蟲鳴。白髮終難變，黃金不可成。欲知除老病，惟有學無生。

冬晚對雪憶胡居（一作處）士家

寒更傳曉箭（一作催明曉），清鏡覽（一作攬）衰顏。隔牖風驚竹，開門（一作簾）雪滿山。灑空深巷靜，積素廣庭閒。借問袁安舍，翛然尚閉關。

顧云選語
已近自然

歸嵩山作

清（一作晴）川帶長薄，車馬去閒閒。流水如有意，暮禽（一作雲）相與還。荒城臨古渡，落日滿秋山。迢遞嵩高（一作山）下，歸來且閉關。

歸輞川作

谷口疏鐘動，漁樵稍欲稀。悠然遠山暮，獨向白雲歸。菱蔓弱難定，楊花輕易飛。東皋春草色，惆悵掩柴扉。

類以無情之景述無情之意復非作者所有

輞川閒居

一從歸白社，不復到青門。時倚簷前樹，遠看原上村。青菰臨水映，白鳥向山翻。寂寞於陵子，桔槔方灌園。

輞川閒居贈裴秀才迪

寒山轉蒼翠，秋日水潺湲。倚杖柴門外，臨風聽暮蟬。渡頭餘落日，墟里上孤煙。復值接輿醉，狂歌五柳前。

無言之境不可說之味不知者以為淡易其質如此故自難及

淇上即事田園

屏居淇水上，東野曠無山。日隱桑柘外，河明閭井間。牧童望村去，獵犬隨人還。靜者亦何事，荆扉乘晝關。

終南別業

頎云自是唐人古詩不可謂律

中歲頗好道，晚家南山陲。興來每獨往，勝事空自知。行到水窮處，坐看雲起時。偶然值林叟，談笑無還（一作迴）期。

須云開口信意無不精到

晚春嚴少尹諸公見過

松菊荒三徑圖書共五車烹葵邀上客看竹到貧家鵲乳先春早鶯啼過落花自憐黃髮暮一倍惜年華。

鄭果州見過

麗（一作斜）日照殘春。初晴草木新。牀頭（一作前）磨鏡客。花下灌園人。五馬驚窮巷。雙童逐老身。中廚（一作厨中）辦粗飯。當恕（一作常恕）阮家貧。

與盧象集朱家

主人能對客。終日有逢迎。貰得新豐酒。復聞秦女箏。柳條疎客舍。槐葉下秋城。笑語且爲樂。吾將適此生。

喜祖三至留宿

門前洛陽客。下馬拂征衣。不枉故人駕。平生多掩扉。行人返深巷。積雪帶餘暉。蚤歲同袍者。高車何處歸。

黎拾遺昕裴廸見過秋夜對雨之作

促織鳴已急。輕衣行向重。（一作尚）寒燈坐高館。秋雨聞疎鍾。白法調狂象。玄言問老龍。何人顧蓬徑。深愧求（一作牛）羊蹤。

待儲光羲不至

重門朝已啓。起坐聽車聲。要欲聞清佩。方將出戶迎。曉鍾鳴上苑。疎雨過春城。了自不相顧。臨堂空復情。

送元中丞轉運江淮（一作錢起詩）

薄税歸天府。輕徭頼使臣。歡霑賜帛老。恩及卷綃人。去問珠（一作殊）官俗。來看石劫（一作幾却）城。東南御（一作卿）亭上。莫（一作問）使有風塵。

送李判官赴江東

聞道皇華使。方隨皂蓋臣。封章通左語。冠冕化文身。樹色分楊子。潮聲滿富春。遥知辨璧吏。恩到泣珠人。

頌云得字奇

送邢桂州

鐃吹喧京口。風波下洞庭。赭圻將赤岸。擊汰復揚舲。日落江湖白。潮來天地青。明珠歸合浦。應逐使臣星。

送梓州李使君

萬壑樹參天。千山響（一作鄉音聽）杜鵑。山中一（一作半）夜雨。樹杪百重泉。漢女輸橦（一作賨）布。巴人訟芋田。文翁翻教授。不敢倚先賢。

須云老辣

送楊長史赴果州

褒斜不容幰。之子去何之。鳥道一千里。猿啼十二時。官橋祭酒客。山木女郎祠。別後同明月。君應聽子規。

送岐州源長史歸（源與余同在崔常侍幕中時常侍已沒）

握手一相送。心悲安可論。秋風正蕭索。客散孟嘗門。故驛過槐里。長亭下槿原。征南舊旌節。從此向河源。

平〻寫到盡

送錢少府還藍田

草色日向好。桃源人去稀。手持平子賦。目送老萊衣。每候山櫻發。時同海燕歸。今年寒食酒。應得返柴扉。

送方城韋明府

遥思葭菼際。寥落楚人行。高鳥長淮水。平蕪故郢城。使車聽雉乳。縣鼓應雞鳴。若見州從事。無嫌手板迎。

碩云緩語妙

送丘爲往唐州

宛洛有風塵。君行多苦辛。四愁連漢水。百口寄隨人。槐色陰清晝。楊花惹暮春。朝端肯相送。天子繡衣臣。

送丘爲落第歸江東

憐君不得意。況復柳條春。爲客黃金盡。還家白髮新。五湖三畝宅（一作州）。萬里一歸人（一作行）。知爾（一作禰）不能薦。羞稱獻納臣。稱一作爲一作看

送嚴秀才還蜀

寧親爲一作眞令子。似舅即賢甥。別路經花縣。還家入錦城。山臨青塞斷。江向白雲平。獻賦何時至。明君憶長卿。

送孫秀才

帝城風一作春日好。况復建平家。玉枕雙文一作紋簟。金盤五色瓜。山中無魯一作沽酒。松下飯胡麻。莫厭田家苦。歸期遠復賒。

送崔九興宗游蜀

送君從此去。轉覺故人稀。徒御猶迴首。田園方掩扉。出門當旅食。中路授寒衣。江漢風流地。游人何處（一作歲）歸。

送崔興宗

已恨親皆遠。誰憐友復稀。君王未西顧。游宦盡東歸。塞迴（一作澗）江河淨。天長雲樹微。方同菊花節。相待洛陽扉。

最是自得

送張五湮歸宣城

五湖千萬里。況復五湖西。漁浦南陵郭。人家春穀溪。欲歸江淼淼。未到草萋萋。憶昔蘭陵鎮。可宜猨更啼。

送崔三往密州覲省

南陌去悠悠。東郊不少留。同懷扇枕戀。獨念倚門愁。路遶天山雪。家臨海樹秋。魯連功未報。且莫蹈滄洲。

送孫二

郊外（一作部）誰相（一作將）送。夫君道術親。書生鄒魯客。才子洛陽人。祖席依寒草。行車起暮塵。山川何寂寞。長望淚霑巾。

送友人南歸

萬里春應盡。三江鴈亦稀（一作飛）。連天漢水廣。孤客郢城歸。鄖國稻苗秀。楚人菰米肥。懸知倚門望。遥識老萊衣。米一作葉一作菜

盡謝點染情思蕭然

無意之意

送趙都督赴代州 得青字

天官動將星。漢上（一作抑）柳條青。萬里鳴刁斗。三軍出井陘。忘身辭鳳闕。報國取龍庭。豈學書生輩。窗間（一作中）老一經。

送劉司直赴安西

絕域陽關道。胡沙（一作烟）與塞塵。三春時有鴈。萬里少行人。苜蓿隨天馬。蒲萄逐使臣。當令外國懼。不敢覓和親。

送張判官赴河西

單車曾出塞。報國敢邀勳。見逐張征虜。今思霍冠軍。沙平連白雪。蓬捲入黃雲。慷慨倚長劍。高歌一送君。

送平澹然判官

不識陽關路。新從定遠侯。黃雲斷春色。畫角起邊愁。瀚海經年到（一作別）。交河出塞流。須令外國使。知飲月支頭。

兩語皆到

新意

送李員外賢郎

少年何處去。負米上銅梁。借問阿戎父。知爲童子郎。魚箋請詩賦。橦布作衣裳。薏苡扶衰病。歸來幸可將。

送張道士歸山

先生何處去。王屋訪毛一作茅君。別婦留丹訣。驅雞入白雲。人間苦難住。天上復離羣。當作遼東鶴。仙歌使爾聞。苦難一作若剩一作數剩

首四句一作別山如昨日春露已沾衣采薇頻盈手看花空歎歸

同崔興宗送瑗公

言從石菌閣。新下穆陵關。獨向池陽去。白雲留故山。綻衣秋日裏。洗鉢古松間。一施傳心法。惟將戒定還。

留別錢起 一作晚歸藍田酬中書常舍人 一作錢起詩題云晚歸藍田酬王維給事

卑棲却得性。每與白雲歸。徇祿猶懷橘。看花免採薇。暮禽先去馬。新月待開扉。霄漢時廻首。知音青瑣闈。

留別丘爲

歸鞍白雲外。繚繞出前山。今日又明日。自知心不閒。親勞簪組送。欲趁鶯花還。一步一迴首。遲遲向近關。

過福禪師蘭若

巖壑轉微徑。雲林隱法堂。羽人飛奏樂。天女跪焚香。竹外峯偏曙。藤陰水更涼。欲知禪坐人。行路長春芳。

夏日過青龍寺謁操禪師

龍鍾一老翁。徐步謁禪宫。欲問義心義、遥知空病空。山河天眼裏。世界法身中。莫怪銷炎熱。能生大地風。

過香積寺 一作王昌齡詩

不知香積寺。數里入雲峯。古木無人徑。深山何處鍾。泉聲咽危石。日色冷青松。薄暮空潭曲。安禪制毒龍。

畧不用思

登辨（一作連）覺寺

竹徑從初地蓮峯出化城窻中三楚盡（一作靜）林外九江（一作上）平軟（一作嫩）草承趺坐長松響梵聲空居法雲外觀世得無生

過感化寺曇興上人仙院

暮持筇竹杖相待虎溪頭催客聞山響歸房逐水流埜花藂發好谷鳥一聲幽夜坐空林寂松風直似秋

頷云收等處本源成但難擬作思近淺率

游李山人所居因題屋壁

世上皆如夢狂來或自歌問年松樹老有地竹林多藥倩韓康賣門容尚子過翻嫌枕席上無那白雲何。

漢江臨眺 汎亦作眺

楚塞三湘接荊門九派通江流天地外山色有無中郡邑浮前浦波瀾動遠空襄陽好風日留醉與山翁。

語不必深僻清奪衆妙
顧云末語派蠢

汎前陂

秋空自明（一作明月）迥。況復遠人間。暢以沙際鶴。兼之雲外山。澄波澹將夕。清月浩方閒。此夜任孤棹。夷猶殊未還。

終南山

太乙近天都。連山（一作天）到海隅。白雲迴望合。青靄入看無。分野中峯變。陰晴衆壑殊。欲投人處宿。隔（一作浦）水問樵夫。

登河北城樓作

井邑傅（一作傳）巖上。客亭雲霧閒。高城眺落日。極浦暎蒼山。岸火孤舟宿。漁家夕鳥還。寂寥天地外。心與廣川閒。

裴迪秀才小亭作

端居不出戶。滿目望雲山。落日鳥邊下。秋原人外閒。遥知遠林際。不見此簷間。好客多乘月。應門莫上關。

極是画意

氣槩

涼州郊外游望

野老才三戶。村邊少四鄰。婆娑依里社。簫鼓賽田神。灑酒澆芻狗。焚香拜木人。女巫紛屢舞。羅襪自生塵。

觀獵

風勁（一作動）角弓鳴。將軍獵渭城。草枯鷹眼疾。雪盡馬蹄輕。忽過新豐市。還歸細柳營。回看射鵰（一作落雁）處。千里暮雲平。

酬嚴少尹徐舍人見過不遇

公門暇日少。窮巷故人稀。偶值乘籃轝。非關避白衣。不知炊黍否。誰解埽荊扉。君但傾茶椀。無妨騎馬歸。

酬張少府

晚年惟好靜。萬事不關心。自顧無長策。空知返舊林。松風吹解帶。山月照彈琴。君問窮通理。漁歌入浦深。

酬虞部蘇員外過藍田別業不見留之作

貧居依谷口。喬木帶荒村。石路枉迴駕。山家誰候門。漁舟膠凍浦。獵火燒（一作繞）寒原。惟有白雲外。疎鐘聞夜猿。

酬比部楊員外暮宿琴堂朝躋書閣率爾見贈之作

舊簡拂塵看。鳴琴候（一作侯）月彈。桃（一作花）源迷漢姓。松（一作樹）徑有秦官。空谷歸人少。青山背日寒。羨君歸隱處。遥望白雲端。

酬賀四贈葛巾之作

野巾傳惠好。茲貺重兼金。嘉此幽棲物。能高（一作齊）隱吏心。早朝方暫掛。晚沐更（一作復）來簪。坐覺塵囂遠。思君共入林。

寄荊州張丞相

所思竟何在。悵望深荊門。舉世無相識。終身思舊恩。方將與農圃。藝植老丘園。目盡南無鴈。何由寄

亦是不用一辭

一言。

被出濟州

微官易得罪。謫去濟川陰。執政方持法。明君無此心。閭閻河潤上。井邑海雲深。縱有歸來日。各愁年鬢侵。

使至塞上

一作銜命辭天闕單車欲向天

單車欲問邊。屬國過居延。征蓬出漢塞。歸鴈入胡天。大漠孤烟直。長河落日圓。蕭關逢候騎。都護在

不俯仰刻畫
甚有意味

燕然

晩春閨思

新妝可憐色落日卷羅幃一作簾鑪氣清珍簟墻陰上玉
墀春蟲飛網戶暮雀隱花枝向晩多愁思閒窗桃
李時

過秦王墓 時年十五

古墓成蒼嶺幽宮象紫臺星辰七曜隔河漢九泉
開有海人寧渡無春鴈不迴更聞松韻切疑是大

夫哀。

雜詩

雙燕初命子。五桃初結（一作作）花。王昌是東舍。宋玉次西家。小小能織綺。時時出浣沙。親勞使君問南陌駐香車。

酬慕容上

行行西陌返。駐幰問車公。挾轂雙官騎。應門五尺僮。老年如塞北。強起離牆東。爲報壺丘子。來人道

上句更好

姓蒙。

韋給事山居

尋幽得此地。詎有一人曾。大壑隨階轉。羣山入戶登。庖廚出深竹。印綬隔垂藤。即事辭軒冕。誰云病未能。

春園即事

宿雨乘輕屐。春寒着弊袍。開畦分白水。間柳發紅桃。草際成棋局。林端舉桔槔。還持鹿皮几。日暮隱蓬蒿。

過崔駙馬山池

畫樓吹笛妓。金埒（一作椀）酒家胡。錦石稱貞女。青松學大夫。脫貂貰桂醑（一作酌）射雁與山厨。聞道高陽會。愚公谷正愚。

送封太守

忽解羊頭削。聊馳熊首旛。揚舲發夏口。按節向吳門。帆映丹陽郭。楓攢赤岸村。百城多候吏。露冕一何尊。

送賀遂員外外甥

南國有歸舟。荆門泝上流。蒼茫葭菼外。雲水與(一作同)昭丘。檣帶城烏去。江連暮雨愁。猿聲不可聽。莫待楚山秋。

送宇文三赴河西充行軍司馬

横吹(一作笛)雜繁笳。邊風捲塞沙。還聞田司馬。更逐李輕車。蒲類(一作壘)成秦地。莎車(一作居)屬漢家。當令犬戎國。朝聘學昆耶。

千塔主人

逆旅逢佳節。征帆未可前。窻臨汴河水。門渡楚人船。雞犬散墟落。桑榆蔭遠田。所居人不見。枕席生雲煙。

愚公谷 青龍寺與黎昕戲題三首

愚谷與誰去。唯將黎子同。非須一處住。不邪兩心空。寧問春將夏。誰論西復東。不知吾與子。若箇是愚公。

其二

吾家愚谷裏。此谷本來平。雖則行無跡。還能響應聲。不隨雲色暗。只待日光明。緣底名愚谷。都由愚所成。

其三

借問愚公谷。與君聊一尋。不尋翻到谷。此谷不離心。行處曾無險。看時豈有深。寄言塵世客。何處欲歸臨。

慕容承携素饌見過

紗帽烏皮几。閒居懶賦詩。門看五柳識。年筭六身知。靈壽君王賜。雕胡弟子炊。空勞酒食饌。特底解人頤。

戲題示蕭氏外甥

憐爾解臨池。渠爺未學詩。老夫何足似。弊宅倘因之。蘆笋藏荷葉。菱花冒鴈兒。郄公不易勝。莫著外家欺。

故太子太師徐公挽歌四首

功德冠羣英。彌綸有大名。軒皇用風后。傅說是星精。就第優遺老。來朝詔不名。留侯常（一作嘗）辟穀。何苦不長生。

謀猷爲相國。翊贊奉乘輿（一作裒）。劍履升前殿。貂蟬託後車。齊侯疏土宇。漢室賴圖書。僻處留田宅。仍纔十頃餘（一作晦）。

舊里趍庭日新年置酒辰聞詩鸞渚客獻賦鳳樓人北闕辭明主東堂哭大臣猶思御朱軿不惜汙車茵。

久踐中台座終登上將壇誰言斷車騎空憶盛衣冠風日咸陽慘笳簫渭水寒無人當便闕應罷太師官。

故西河郡杜太守挽歌三首

天上去西征雲中護北平生擒白馬將連破黑雕

城。忽見芻靈苦。徒聞竹使榮。空留左氏傳。誰繼卜商名。

返葬金符守。同歸石窌棲。卷衣悲畫翟。持翣待鳴雞。容衛都人慘。山川駟馬嘶。猶聞隴上客。相對哭征西。

塗芻去國門。秘器出東園。太守留金印。夫人罷錦軒。旌旆轉哀木。簫鼓上寒原。墳樹應西靡。長思魏闕恩。

故南陽夫人挽歌

錦衣餘翟茀。繡轂罷魚軒。淑女詩常在。夫人法尚存。凝笳隨曉旆。行哭向秋原。歸去將何見。誰能返戟門。

達奚侍郎夫人寇氏挽歌二首

束帶將朝日。鳴環暎牖辰。能令諫（一作皇）明主。相勸（一作助）識賢人。遺挂空留壁。迴文日覆塵。金蠶將畫柳。何處更知春。

女史悲彤管。夫人罷錦軒。卜塋占二室。行哭度千門。秋日光能淡。寒川波（一作浪）自翻。一朝成萬古。松柏暗平原。

恭懿太子挽歌五首

何悟藏環早。纔知拜璧年。翀天王子去。對日聖君憐。樹轉宮猶出。笳悲馬不前。雖蒙絕馳道。京兆別開阡。

蘭殿新恩切。椒宮夕臨幽。白雲隨鳳管。明月在龍樓。人向青山哭。天臨渭水愁。雞鳴常問膳。今恨玉京留。

騎吹凌霜發。旌旗夾路陳。凱容金節護。冊命玉符新。傳母悲香褓。君家擁畫輪。射熊今夢帝。秤象問何人。

蒼舒留帝（一作四）寵。子晉有仙才。五歲過人智。三天使鶴催。心悲陽祿館。目斷望思臺。若道長安近。何爲更不來。

西望昆池闊。東瞻下杜平。山朝豫章館。樹轉鳳凰城。五校連旗色。千門疊鼓聲。金環如有驗。還向畫堂生。

資聖寺送甘二 此側體舊本却以入律故附之末

浮生信如寄。薄宦夫何有。來往本無歸。別離方此受。柳色藹春餘。槐陰清夏首。不覺御溝上。銜悲執杯酒。

王摩詰詩集卷之三 終

王摩詰目錄卷之四

七言律詩

和太常韋主簿五郎溫泉寓目

聽百舌鳥

勑賜百官櫻桃

酬郭給事

苑舍人能書梵字兼達梵音皆曲盡其妙戲

爲之贈

重酬苑郎中

送楊少府貶郴州

送方尊師歸嵩山

旣蒙宥罪旋復拜官伏感聖恩竊書鄙意兼

奉簡新除使君等諸公

酌酒與裴迪

早秋山中作

積雨輞川莊作

輞川別業

春日與裴迪過新昌里訪呂逸人不遇

過乘如禪師蕭居士嵩山蘭若

出塞

王摩詰目錄卷之四終

須云峡葛狀出題景春容典重用字深厚不見工力結帰之正足見襟度

王摩詰詩集卷之四

唐　藍田王維　撰

宋　廬陵劉辰翁　評

七言律詩

奉和聖製（一作御）從蓬萊向興慶閣道中留春雨中春望之作

渭水自縈秦塞曲黄山舊遶漢宫斜鑾輿迥出仙（須云盛唐用字只如）門柳閣道迴（一作遥）看上苑花雲裏帝城雙鳳闕雨中春（峡不類小家）（須云画工不到）

頓云句法天成更不可易起語

樹萬人家爲乘陽氣行時令不是宸游翫（一作重）物華

大同殿生玉芝龍池上有慶雲百官共覩聖恩便賜宴樂敢書即事

欲笑周文歌宴鎬還輕漢武樂橫汾豈知玉殿生三秀詎有銅池出五雲陌上堯樽傾北斗樓前舜樂動南薰共歡天意同人意萬歲千秋奉聖君

勑借岐王九成宮避暑應敎

帝子遠辭丹鳳闕天書遥借翠微宮隔窻雲霧生

敘事從容曲盡下联便見九成物结乃貴詩便成收束

前四句帖子語頗不癡重

頎云右丞此篇直與老杜頡頏後惟岑參及之他皆不及蓋氣槩濶大音律雄渾句法典重用字清新無所不備故也或猶未全美以用衣服字太多耳

頎云此篇鋪寫景象雄渾富麗造作

衣上卷幔山泉入鏡中林下水聲喧笑語巖間樹色隱房櫳仙家未必能勝此何事吹簫向碧空

和賈舍人早朝大明宮之作

絳幘雞人送曉籌（一作報）尚衣方進翠雲裘九天閶闔開宮殿萬國衣冠拜冕旒日色纔臨仙掌動香煙欲傍滾龍浮朝罷須裁五色詔珮聲歸到鳳池頭

和太常韋主簿五郎溫泉寓目

漢主離宮接露臺秦川一半夕陽開青山盡是朱

句律溫厚深長皆足為法

旗繞碧澗翻從玉殿來新豐樹裏行人度小苑城邊獵騎迴聞道甘泉能獻賦懸知獨有子雲才

聽百舌鳥

上蘭門外草凄凄未央宮中花裏棲亦自相隨過御苑不知若箇向金堤入春解作千般語拂曙能先百鳥啼萬户千門應覺曉建章何必聽鳴雞

勑賜百官櫻桃

芙蓉闕下會千官紫禁朱櫻出上蘭（一作自繞）總是寢園春

傾云搆渠結中下字乃見盛唐溫厚右丞善作富麗語自其胸懷本色開口便是結語渾厚作者少及

薦後非關御苑鳥啣殘歸鞍競帶青絲籠中使頻傾赤玉盤飽食不須愁（一作憂）內熱大官還有蔗漿寒

酬郭給事

洞門高閣靄餘暉桃李陰陰柳絮飛禁裏疎鐘官舍晚省中啼鳥吏人稀晨搖玉珮趨金殿夕奉丹書拜瑣闈強欲從君無奈老將因卧病解朝衣

苑舍人能書梵字兼達梵音皆曲盡其妙戲為之贈

名儒侍詔滿公車。才子爲郎典石渠。蓮華法藏心懸悟。貝葉經文手自書。（一作歲）楚辭共許勝楊馬。梵字何人辨魯魚。故舊相望在三字。願君莫厭承明廬。

重酬苑郎中 并序

頃輙奉贈。忽枉見酬。敘末云且久不遷。因而嘲及。云落句云。云應同羅漢無名欲。故作馮唐老歲年。亦解嘲之意也。

何幸含香奉至尊。多慚未報主人恩。草木盡能酬、

顧云此篇述遷謫之時覺道路益遠所遇景物皆成愁索已善賦矣臨結又用一故寔翻激公案用意忠厚其味深長他作所無又云不沾惹君上語覺忠厚

雨露榮枯安敢問乾坤仙郎有意憐同舍丞相無私斷掃門楊子解嘲徒自遣馮唐已老復何論

送楊少府貶郴州

明到衡山與洞庭若爲秋月聽猿聲愁看北渚三湘近一作遠惡說南風五兩輕青草瘴時過夏口白頭浪裏出湓城長沙不久留才子賈誼何須弔屈平顧云自在

送方尊師歸嵩山

仙官欲往一作住九龍潭毛節朱旛倚石龕山壓天中半

天上洞穿江底出江南瀑布松杉常帶雨夕陽彩（一作蒼）
翠忽成嵐借問迎來雙白鶴已曾衡岳送蘇躭

既蒙宥罪旋復拜官伏感聖恩竊書鄙意兼
奉簡新除使君等諸公

忽蒙漢詔還冠冕始覺殷王解網羅日比皇明猶
自暗天齊聖壽未云多花迎喜氣皆知笑鳥識歡
心亦解歌聞道北城新佩印還來雙闕共鳴珂

酌酒與裴廸

顧云此篇似有朋友反覆爲訕譖者或小人讒沮之類故爲此以解之云耳草色花枝固是時景然亦托喻小人冒寵君子頓危耳

酌酒與君君自寬人情反覆似波瀾白首相知猶（顧云可畏）按劍朱門先達笑彈冠草色全（一作輕）經細雨濕花枝欲動春風寒世事浮雲何足問不如高臥且加餐

早秋山中作

無才不敢累明時思向東溪守故籬豈（一作不）厭尚平婚嫁早却嫌陶令去官遲草間（一作出）蛩響臨秋急山裏蟬鳴薄暮悲寂寞柴門人不到空林獨與白雲期

積雨輞川莊作

寫景自然造意又極辛苦頷云結語用莊子忘机之事無迹此詩首述田家時景次述已志空泊末寫事實又嘆俗人之不知已也東坡云摩詰詩中有畫畫中有詩者此耳

積雨空林煙火遲。蒸藜炊黍餉東菑。漠漠水田飛白鷺。陰陰夏木囀黃鸝。山中習靜觀朝槿。松下清齋折露葵。野老與人爭席罷。海鷗何事更相疑。

輞川別業

不到東山向一年。歸來纔及種春田。雨中草色綠堪染。水上桃花紅欲然。優婁比丘經論學。傴僂丈人鄉里賢。披衣倒屣且相見。相歡笑語衡門前。

春日與裴迪過新昌里訪呂逸人不遇

青山流水自在、頗云峽萵似不經意、然踣語奇突、不失盛唐。又若信手拈來、頭頭是道、不可因其真率而略其雅逸也

一說種松皆老作龍鱗似更好

桃源四面（一作面兩）絕風塵，柳市南頭訪隱淪。到門不敢題凡鳥，看竹何須問主人。城外青山如屋裏，東家流水入西隣。閉戶著書多歲月，種松皆作老龍鱗。

過乘如禪師蕭居士嵩山蘭若

無着天親弟與兄，嵩丘蘭若一峯晴。食隨鳴磬巢烏下，行踏空林落葉聲。迸水定侵香案濕，雨花應共石床平。深洞長松何所有，儼然天竺古先生。

出塞

時為監察使塞上作

居延城外獵天驕。白草連天（一作百草連山）野火燒。暮雲空磧時驅馬。秋日平原好射雕。護羌校尉朝乘障。破虜將軍夜渡遼。玉靶角弓珠勒馬。漢家將賜霍嫖姚。

王摩詰詩集卷之四　終

王摩詰目錄卷之五

五言排律

贈東岳隻鍊師

贈隻道士

投道一禪師蘭若宿

山中示弟

韋侍郎山居

田家

過盧員外宅看飯僧共題七韻

濟州過趙叟家宴

青龍寺曇壁上人兄院集

春過賀遂員外藥園

河南嚴尹弟見宿弊廬訪别人賦十韻

送爾郎中

送熊九赴任安陽

遊悟眞寺

與蘇盧二員外期遊方丈寺而蘇不至因有

是作

王摩詰目錄卷之五終

王摩詰詩集卷之五

唐　藍田王　維　撰
宋　廬陵劉辰翁　評

五言排律

奉和聖製幸玉眞（一作宵非）公主山莊因題石壁十韻之作應制

碧落風煙外。瑤臺道路賒。如何連帝苑。別自有仙家。比地迴鑾駕。緣溪轉翠華。（頷云濶大）洞中開日月。窗裏發

（頸云洗濯精采）

雲霞庭養冲天鶴，溪流上漢槎。種田生白玉，泥竈化丹砂。谷靜泉逾響，山深日易斜。御羹和石髓，香飯進胡麻。大道今無外，長生詎有涯。還瞻九霄上，來往五雲車。

奉和聖製上巳於望春亭觀禊飲應制

長樂青門外，宜春小苑東。樓開萬戸上（一作人向），輦過百花中。畫鷁移仙妓（一作伎），金貂立上公。清歌邀落日，妙（一作妍）舞向春風。渭水明秦甸，黃山入漢宮。君王來祓禊，灞滻亦朝宗。

奉和聖製暮春送朝集使歸郡應制

萬國仰宗周。衣冠拜冕旒。玉乘迎大客。金節送諸侯。祖席傾三省。褰帷向九州。楊花飛上路。（一作在雲）槐色蔭通溝。來預鈞天樂。歸分漢主憂。宸章類河漢。垂象滿中州。

三月三日勤政樓侍宴應制

綵仗連霄合。瓊樓拂曙通。（好語）年光三月裏。宮殿百花中。不數秦王日。誰將洛水同。酒筵嫌落絮。舞袖怯春風。天保無爲德。人歡不戰功。仍臨九衢宴。更達四門聰。

遊化感寺

翡翠香煙合。瑠璃寶殿平。龍宮連棟宇。虎穴傍簷楹。谷靜唯松響。山深無鳥聲。瓊峯當戶拆。金澗透林鳴。郢路雲端迥。秦川雨外晴。（一作鳳非）鴈王銜果獻。鹿女踏花行。抖擻辭貧里。皈依宿化城。繞籬生野蕨。空

若用禮記鹿女艸

自然好
頗云不爲甚
巧
又云近拙

館發山櫻香飯青菰米嘉蔬綠芋羹（一作紫筍羹）誓陪清梵末端坐學無生

曉行巴峽

際曉投巴峽餘春憶帝京晴江一女浣朝日衆雞（一作禽）鳴水國舟中市山橋樹（一作杪）上行登高萬井出眺迴二流明人作殊方語鶯爲（一作故）舊國聲賴諳山水趣稍解別離情

送秘書晁監還（一作歸）日本國

九州用騶忌語

須云送日本無適之者

積水不可極安知滄海東九州何處遠萬里若乘空向國惟看日（一作途）歸帆但信風鰲身映天黑魚眼射波紅獨樹扶桑外主人孤島中別離方異域音信若爲通

送李太守赴上洛

商山包楚鄧積翠靄沈沈驛路飛泉灑關門落照深野花開古戍行客響空林板屋春多雨山城晝欲陰丹泉通虢略白羽抵荆岑若見西山爽應知

黃綺心。

過沈居士山居哭之

楊朱來此哭。桑扈返於眞。獨自成千古。依然舊四鄰。閑簷喧鳥雀。故榻滿埃塵。曙月孤鶯囀。空山五柳春。野花愁對客。泉水咽迎人。善卷明時隱。黔婁在日貧。逝川嗟爾命。丘井歎吾身。前後徒言隔。相悲詎歲晨。

春日直門下省早朝

騎省直明光。雞鳴謁（一作問）建章。遥聞侍中佩。暗識令君
香。玉漏隨（一作催）銅史。天書拜夕郎。旌旗映閶闔。歌吹滿
昭陽。官舍梅初紫。宮門柳欲黃。願將遲日意。同與
聖恩長。

奉和聖製慶玄元皇帝玉像之作應制

明君夢帝先。寶命上齊天。秦后徒聞樂。周王耻卜
年。玉京移大像。金籙會羣仙。承露調天供。臨空敞
御筵。斗迴迎壽酒。山近起爐烟。願奉無爲化。齋心

學自然。

奉和聖製與太子諸王三月三日龍池春禊應制

故事修春禊。新宮展豫游。明君移鳳輦。太子出（一作去）龍樓。賦掩陳王作。杯如洛水流。金人來捧劒。畫鷁出迴舟。苑樹浮宮闕。天池照冕旒。宸章在雲表（一作漢）。垂象滿皇州。

三月三日曲江侍宴應制 一本江下有樓字

萬乘親齋祭。千官喜豫游。奉迎從上苑。祓禊向中流。草樹連容衛。山河對冕旒。畫旗搖浦溆。春服滿汀洲。仙籞(一作樂)龍媒下。神皋鳳蹕留。從今億萬歲。天寶(一作紀)紹春秋。

奉和聖製十五夜燃燈繼以酺宴應制

上路笙歌滿。春城刻漏長。遊人多晝日。明月讓燈光。魚鑰通翔鳳。龍輿出建章。九衢陳廣樂。百福透(一作遶)名香。仙妓來金殿。都人繞玉堂。定(一作止)應偷妙舞。從此

學新粧。奉引迎三事。司儀（一作主）列萬方。願將天地壽。同
以獻君王。

奉和聖製重陽節宰臣及羣官上壽應制

四海方無事。三秋大有年。百生逢此日。萬壽願齊
天。芍藥和金鼎。茱萸插玳筵。玉堂開右个。天樂動
宮懸。御柳疎秋影。城鴉拂曙煙。無窮菊花節。長奉
柏梁篇。

和陳監四郎秋雨中思從弟據

嫋嫋秋風動。淒淒煙雨繁。聲連鳷鵲觀。色暗鳳凰原。細柳疎高閣。輕槐落洞門。九衢行欲斷。萬井寂無喧。忽有愁霖唱。更陳多露言。平原思令弟。康樂謝賢昆。逸輿方三接。衰顏強七奔。相如今老病。歸守茂陵園。

和僕射晉公扈從溫湯 時為右補闕

天子幸新豐。旌旗渭水東。寒（一作遠）山天仗裏。溫谷幔城中。奠玉羣仙座。焚（一作薰）香太乙宮。出游逢牧馬。罷獵有非熊。上宰無爲化。明時太古同。靈芝三秀紫。陳粟萬箱紅。一作玉醴王禮尊儒教。天兵小戰功。謀猷歸哲匠。詞賦屬文宗。司諫方無闕。陳詩且未工。長吟吉甫頌。朝夕仰清風。

和宋中丞夏日游福賢觀天長寺即陳左相宅所施之作

已相殷王國。空餘尚父溪。釣磯開月殿。築道出雲梯。積水浮香象。深山鳴白鷄。虛空陳妓樂。衣服製虹霓[一作墨]黑點三千界，丹飛六一泥。桃源勿遽返，再訪恐君迷。

沈十四拾遺新竹生讀經處同諸公之作

閑居日清靜，脩竹自檀欒。嫩節留餘籜，新叢出舊闌。細枝風響亂，疎影月光寒。樂府裁龍笛，漁家伐釣竿。何如道門裏，青翠拂仙壇。

贈東岳隽鍊師

先生千歲餘，五岳遍曾居。遥識齊侯鼎，新過王母

每作清素可貴奇

廬。不能師孔墨。何事問長沮。玉管時來鳳。銅盤即釣魚。竦身空裏語。明日夜中書。自有還丹（一作丹砂）術。時論太素初。頻蒙露版詔。時降軟輪車。山靜泉逾響。松高枝轉疎。支頤問樵客。世上復如何。

贈焦道士

海上游三岳。淮南預八公。坐知千里外。跳向一壺中。縮地朝珠闕。行天使玉童。飲人聊割酒。送客乍分風。天老能行氣。吾師不養空。（有誤）謝君徒雀躍。無可問鴻濛。

投道一師蘭若宿

一公棲太白。高頂出雲煙。（一作風）梵流諸壑（一作洞）遍。花雨一峯偏。迹為無心隱。名因立教傳。鳥來還語法。客去更安禪。晝涉松露盡。暮投蘭若邊。洞房隱深竹。清夜聞遙泉。向是雲霞裏。今成枕席前。豈唯留暫宿。服事將窮年。

山中示弟

山林吾喪我（別是一種），冠帶爾成人。莫學嵇康懶，且安原憲貧。山陰多北戶，泉水在東鄰。緣合妄相有，性空無所親。安知廣成子，不是老夫身。

韋侍郎山居

幸忝君子顧，遂陪塵外蹤。閑花滿岩谷，瀑布映杉松。啼鳥忽臨澗，歸雲時抱峯。良遊盛簪紱，繼跡多夔龍。詎枉青門道，胡聞長樂鍾。清晨去朝謁，車馬何從容。

田家

舊穀行將盡。良田未可希。老年方愛粥。卒歲且無衣。雀乳青苔井。雞鳴白板扉。柴車駕羸牸。草屩牧豪（一作膏）豨。多雨紅榴折。新秋綠芋肥。餉田桑下憩。旁舍草中歸。住處名愚谷。何煩（一作煩君）問是非。

過盧員外宅看飯僧共題七韻

三賢異七賢（一作眼）。青眼慕青蓮。乞飯從香積。裁衣學水田。上人飛錫杖。檀越施金錢。趺坐簷前日。焚香竹

下煙寒空法雲地秋色淨居天身逐因緣法心過
次第禪不須愁日暮自有一燈然

濟州過趙叟家宴

雖與人境接閉門成隱居道言莊叟事儒行魯人
餘深巷斜暉靜閑門高柳疎荷鋤修藥圃散帙曝
農書上客遥芳翰中厨饋野蔬夫君第高飲景晏
出林閭

青龍寺曇壁上人兄院集 并序

吾兄大開蔭中。明徹物外。以定力勝敵以惠用解嚴。深居僧坊。傍脩人里。高原陸地下䁥芙蓉之池。林竹果園。中秀菩提之樹。八極氛霽。萬彙塵息。太虛廖廓。南山爲之端倪。皇州蒼茫。渭水貫於天地。經行之後。趺坐而閑。升堂梵筵。餌客香飯。不起而游覽。不風而清凉。得世界於蓮花。記文章於貝葉。時江寧大兄持片石。命維序之。詩五

甚壯第非是招提本色

韻。坐上成。

高處敞招提。虛空詎有倪。坐看南陌騎。下聽秦城雞。眇眇孤煙起。芊芊遠樹齊。青山萬井外。落日五陵西。眼界今無染。心空安可迷。

春過賀遂員外藥園

前年槿籬故。新作藥欄成。香草爲君子。名花是長卿。水穿盤石透。藤繫古松生。（一作書）畫畏開厨走。來蒙倒屣迎。蔗漿菰米飯。蒟醬露葵羹。頗識灌園意。於陵不自輕。

河南嚴尹弟見宿褩廬訪別人賦十韻

上客能論道。吾生學養蒙。貧交世情外。才子古人中。冠上方簪(一作峩)豸。車邊已畫熊。拂衣迎五馬。垂手憑雙童。花醥(一作醴)和松屑。茶香透竹叢。薄霜澄夜月。殘雪帶春風。古壁蒼苔黑。寒山遠燒紅。眼看東候別。心事北山(一作州)同。爲(一作若)學輕先輩。何能訪老翁。欲知今日後。不樂爲車公。

送禰（一作徐）郎中

東郊春草色。驅馬去悠悠。況復鄉山外。猿啼湘水流。島夷傳露坂。江館候鳴騶。卉服爲諸吏。珠官拜本州。孤鶯吟遠墅。野杏發山郵。早晚方歸奏。南中纔忌秋。

送熊九赴任安陽

魏國應劉後。寂寥文雅空。漳河如舊日。之子繼清風。阡陌銅臺下。閭閻金虎中。送車盈灞上。輕騎出關東。相去千餘里。西園明月同。

游悟眞寺

聞道黃金地。仍開白玉田。擲山移巨石。咒嶺出飛泉。猛虎同三徑。愁猿學四禪。買香然綠桂。乞火踏青蓮。草色搖霞上。松聲泛月邊。山河窮百二。世界滿三千。梵宇聊憑視。（一作平覽。）王城遂渺然。灞陵纔出樹。渭水欲連天。遠縣分諸（一作朱。）郭。孤村起白煙。望雲思聖主。披霧憶羣賢。薄宦慚尸素。終身擬尚玄。誰知草庵客。曾和栢梁篇。

與蘇盧二員外期遊方丈寺而蘇不至因有是作

共仰頭陀行。能忘世諦情。廻看雙鳳闕。相去一牛鳴。法向空林說。心隨寶地平。手巾花氎淨。香帔稻畦成。聞道邀同舍。相期宿化城。安知不來往。翻得（一作以得）似無生。

賦得清如玉壺冰（京兆府試時年十九歲）

一作玉壺何用好偏許素氷居

藏氷玉壺裏。氷水類方諸。未共銷丹日。還同照綺疏。抱明中不隱。含靜外疑虛。氣似庭霜積。光言砌月餘。曉凌飛鵲鏡。宵映聚螢書。若向夫君比。清心尚不如。

一作若向貪夫比貞心定不如

雜詩

與五律絕句多少疑有誤也

朝因折楊柳。相見洛陽隅。楚國無如妾。秦家自有夫。對人傳玉腕。映燭解羅襦。人見東方騎。皆言夫婿殊。持謝金吾子。煩君提玉壺。

上張令公

珥筆趍丹陛。垂璫上玉除。步簷青瑣闥。方幰畫輪車。市閱千金字。朝開五色書。致君光帝典。薦士滿公車。伏奏回金駕。横經重石渠。從茲罷角抵。且復幸儲胥。天統知堯後。王章笑魯初。匈奴遥俯伏。漢相儼簪裾。賈生非不遇。汲黯自堪疎。學易思求我。言詩或起予。嘗從大夫後。何惜隷人餘。

哭褚司馬

妄識皆心累。浮生定死媒。惟言老龍吉。未免伯牛災故有求仙藥。仍餘遁俗杯。山川秋樹苦。窗戶夜泉哀。尚憶青騾去。寧知白馬來。漢臣修史記。莫蔽褚生才。

哭祖六自虛 時年十八

否極嘗聞泰。嗟君獨不然。憫凶纔稚子。羸疾主中年。餘力文章秀。生知禮樂全。翰留天帳覽。詞入帝宮傳。國訝終軍少。人知賈誼賢。公卿盡虛左。朋識

共推先。不恨依窮轍。終期濟巨川。才雄望羔鴈。壽
促背貂蟬。福善聞前錄。殲良昧上玄。何辜鍛鸞翮。
何事與龍泉。鵩起長沙賦。麟終曲阜編。城中君道
廣。海內我情偏。乍失疑猶見。沈思悟絕緣。生前不
忍別。死後向誰宣。為此情難盡。彌令憶更纏。本家
清渭曲。歸葬舊塋邊。永去長安道。徒聞京兆阡。旌
車出郊甸。鄉國隱雲閒。定作無期別。寧同昔日旋。
候門家族苦。行路國人憐。送客哀終進。征途泥復

前。贈言爲挽曲。奠席是離筵。念昔同攜手。風期不暫捐。南山俱隱逸。東路類神仙。未審音容閒。那堪生死遷。花時金谷飲。月夜竹林眠。滿地傳都賦。傾朝看藥船。羣公咸屬目。微物敢齊肩。謬合同人旨。而將玉樹連。不期先挂劍。長恐後施鞭。爲善吾無矣。知音子絕焉。琴聲縱不没。終亦斷悲絃。

過太乙觀賈生房

昔余棲遁日。之子煙霞鄰。共攜松葉酒。俱簪竹皮巾。攀林徧雲洞。採藥無冬春。謬以道門子。徵爲驂御臣。常恐丹液就。先我紫陽賓。夭促萬塗盡。哀傷百慮新。蹟峻不容俗。才多反累真。泣對雙泉水。還山無主人。

王摩詰詩集卷之五終

王摩詰目錄卷之六

五言絕句

木蘭柴

茱萸沜

宮槐陌

臨湖亭

南垞

欹湖

柳浪

欒家瀨

金屑泉

白石灘

北垞

竹里館

辛夷塢

漆園

椒園

息夫人

班婕妤三首

雜詩

山中

聞裴廸秀才吟詩因戲贈

臨高臺送黎拾遺

山中寄諸弟

從軍行

遊曲池

答裴迪

贈韋穆十八

別輞川別業

崔九弟欲往南山馬上口號與別

題友人雲母障子

崔興宗寫真詠

山茱萸

哭孟浩然

六言絶句

田園樂七首

王摩詰目錄卷之六終

王摩詰詩集卷之六

唐　藍田王維　撰

宋　廬陵劉辰翁　評

五言絶句

輞川集有序

予別業在輞川山谷。其遊止有孟城坳。華子岡。文杏館。斤竹嶺。鹿柴。木蘭柴。茱萸沜。宮槐陌。臨湖亭。南垞。欹湖。柳浪。欒家瀨。金屑泉。白石灘。北垞。竹里館。辛夷塢。漆園。椒園等。與裴迪閒暇各絕句云爾。

孟城坳

復歎二語如此俯仰曠達不可得

新家孟城口。古木餘衰柳。來者復爲誰。空悲昔人有。

華子岡　顧云調古興高幽澀有味無出此者

蕭然更欲無言

飛鳥去不窮。連山復秋色。上下華子岡。惆悵情何極。

無言而有画意頎云以篇寫出幽深之景

文杏館

文杏裁爲梁。香茅結爲宇。不知棟裏雲去作人間雨。

斤竹嶺

檀欒映空曲。青翠漾漣漪。暗入商山路。樵人不可知。

鹿柴（去聲）

空山不見人。但聞人語響。返景入深林。復照青苔（一作莓）

猶是鹿柴之餘。

上。

木蘭柴

秋山斂餘照。飛鳥逐前侶。彩翠時分明。夕嵐無處所。

茱萸沜

結實紅且綠。復如花更開。山居儻留客。置此芙蓉杯。

宮槐陌

仄徑蔭宮槐。幽陰多綠苔。應門但迎掃。畏有山僧來。

臨湖亭

輕舸迎上客一作仙。悠悠湖上來。當軒對尊酒。四面芙蓉開。

南垞

輕舟南垞去。北垞淼難卽。隔浦望人家。遙遙不相識。

頌云吳景常有人多不覩

欹湖

吹簫凌極浦。日暮送夫君。湖上一回首。青山卷白雲。

柳浪

行分接綺樹。倒影入清漪。不學御溝上。春風傷別離。

欒家瀨

颯颯秋雨中。淺淺石溜瀉。跳波自相濺。白鷺驚復下。

金屑泉

日飲金屑泉。少當千餘歲。翠鳳翊文螭。羽節朝玉帝。

白石灘

清淺白石灘。綠蒲向堪把。家住水東西。浣沙明月下。

北垞

頎云一時清興適與景會

其意不欲着一字漸可語禪

北垞湖水北，雜樹映朱欄。逶迤南川水，明滅青林端。

竹里館

獨坐幽篁裏，彈琴復長嘯。深林人不知，明月來相照。

辛夷塢

木末芙蓉花，山中發紅萼。澗戶寂無人，紛紛（一作絲絲）開且落。

便在謝東山筆口語皆成高韻

首首素淨

正爾憔悴得人

漆園

古人非傲吏。自闕經世務。惟（一作偶）寄一微官。婆娑數株樹。

椒園

桂尊迎帝子。杜若贈佳人。椒漿奠瑤席。欲下雲中君（一作身）。

息夫人 時年二十

莫以今時寵（一作朝）。能忘舊日恩。看花滿眼（一作目）淚。不共楚王

頣云只渫一楚字便有無窮悲怨

頣云渾涵

頣云詠婕妤而猶為含嚬希寵之態似非婕妤本相

言。能忘一作寧無一作寧忘

班婕妤三首

宮殿生秋草。君王恩一作寵幸疎。那堪聞鳳吹一作管。門外度金輿。

其二

玉窗螢影度。金殿人聲絕。秋夜守羅幃。孤燈耿不滅。

其三

語皆不刻而近

碩云三詩皆淡中含情

與時有洛陽人皆費解說

惟來妝閣閉朝下不相迎。總向春園裏花間笑語聲。

雜詩

已見寒梅發。復聞啼鳥聲。愁心視春草畏向玉階生。

其二

家住孟津河。門對孟津口。常有江南船。寄書家中否。

其三

君自故鄉來。應知故鄉事。來日綺窗前。寒梅着花未。

山中

荊溪白石出。天寒紅葉稀。山路元無雨。空翠濕人衣。

聞裴迪秀才吟詩因戲贈

猨吟一何苦。愁朝復愁夕。莫作巫峽聲。腸斷秋江客。

臨高臺送黎拾遺

相送臨高臺。川原杳何極。日暮飛鳥還。行人去不息。

山中寄諸弟

山中多法侶。禪誦自爲羣。城郭遥相望。惟應禮白雲。

從軍行

戈甲從軍久。風雲識陣難、今朝韓信計。日下斬成安。

其二

燕頷多奇相。狼頭敢犯邊。寄言班定遠。正是立功年。

遊春曲

萬樹江邊杏。新開一夜風。滿園深淺色。照在綠波中。

古今斷腸理不在多

碩云古語淵粲

其二

上苑何窮樹。花開次第新。香車與絲騎。風靜亦生塵。

江上贈李龜年

紅豆生南國。秋來發幾枝。贈君多採擷。此物最相思。

送別

山中相送罷。日暮掩柴扉。春草年年綠。一作明年王孫歸不

皆非着意頷云所謂情真者又云何限清逸

語調並高

歸。

皇甫嶽雲谿雜題五首

鳥鳴磵

人閑桂花落。夜靜春山空。月出驚山鳥。時鳴春磵中。

上平田

朝耕上平田。暮耕上平田。借問問津者。寧知沮溺賢。

每〻静意言之偶然

蓮花塢

日日採蓮去。洲長多暮歸。弄篙莫濺水。畏濕紅蓮衣。

鸕鷀堰

乍向紅蓮沒。復出清浦颺。獨立何褵褷。銜魚古查上。

萍池

春池深且廣。會待輕舟迴。靡靡綠萍合。垂楊復掃

淡淡有情

開。

傾云王公輞川諸詩近事淺語發于天然郊島輩十駕何用

答裴迪

淼淼寒流廣。蒼蒼秋雨晦。君問終南山。心知白雲外。

贈韋穆十八

與君青眼客。共有白雲心。不向東山去。日令春草深。

別輞川別業

依遲動車馬。惆悵出松羅。忍別青山去。其如綠水何。

崔九弟欲往南山馬上口號與別

城隅一分手。幾日還相見。山中有桂花。莫待花如霰。

題友人雲母障子 時年十五

君家雲母障。時向野庭開。自有山泉入。非因采畫來。

崔輿宗寫眞詠

畫君年少時，如今君已老。今時新識人，知君舊時好。

山茱萸

朱實山下開，清香寒更發。幸有叢桂花，窻前向明月。

哭孟浩然

故人不可見，漢水日東流。一作故人今不見，日夕漢江流 借問襄陽老，江山空蔡州。

太平詞二首

風俗今和厚。君王在穆清。行看探花曲。盡是泰階平。

其二

聖德超千古。皇威靜四方。蒼生今息戰。無事覺時長。

送春辭

日日人空老。年年春更歸。相歡在樽酒。不用惜花飛。

書事

輕陰閣小雨。深院晝慵開。坐看蒼苔色。欲上人衣來。

塞上曲

天驕遠塞行。出鞘（一作鞘裡）寶刀鳴。定是酬恩日。今朝覺命輕。

其二

塞虜常爲敵。邊風已報秋。平生多志氣。箭底覔封侯。

隴上行

負羽到邊州。鳴笳度隴頭。雲黃知塞近。草白見邊秋。

閨人贈遠五首

花明綺陌春。柳拂御溝新。爲報遼陽客。一作東流芳一作光不待人。

其二

遠戍功名薄。幽閨年貌傷。妝成對春樹。不語淚千行。

其三

啼鶯（一作鶯啼）綠樹深。語燕（一作燕語）雕粱晚。不省出門行。沙場知近遠。

其四

形影一朝別。煙波千里分。君看望君處。秖是起行雲。

其五

洞房今夜月。如練復如霜。爲照離人恨。亭亭到曉光。

紅牡丹

綠艷閑且靜。紅衣淺復深。花心愁欲斷。春色豈知心。

無一語可俗

左掖梨花

閒灑堦邊草。輕隨箔外風。黃鸎弄不足。嗛入未央宮。

六言絕句

田園樂七首

厭見千門萬户。經過北里南鄰。一作蹀躞官府鳴珂有底崆峒。散髮何人。

再見封侯萬户。立談賜璧一雙。詎勝耦耕南畝。何

頭云首〻如画

如高臥東窗。
採菱渡頭風急（一作起）策杖村西日斜杏樹壇邊漁父桃
花源裏人家。
萋萋春草秋碧落落長松夏寒牛羊自歸村巷童
稚不識衣冠。
山下孤煙遠村天邊獨樹高原一瓢顏回陋巷五
柳先生對門。
桃紅復含宿雨柳綠更帶（一作朝）春煙花落家僮未掃鳥

啼山客猶眠。

酌酒會臨泉水。抱琴好倚長松。南園露葵朝折。西舍黄粱夜舂。

王摩詰詩集卷之六終

王摩詰目錄卷之七

七言絶句

送韋評事

、少年行

塞下曲

、贈裴旻將軍

、送沈子福歸江東

○菩提寺禁裴廸來相看說逆賊等擬碧池上
作音樂供奉人等舉聲便一時淚下私成
口號誦示裴廸

贈遠

閨人春思

戲題輞川別業

送王尊師歸蜀中拜掃

靈雲池送從弟

劇嘲史寰

凉州賽神

哭殷遥

○歎白髮

王摩詰目錄卷之七終

更萬首絶句亦無復近古今第一矣頃云後人所謂陽關三疊名下不虛

王摩詰詩集卷之七

唐　藍田王維　撰
宋　廬陵劉辰翁　評

七言絶句

送元二使安西

渭城朝雨裛輕塵。客舍青青柳色新。（一作依〻楊柳春）勸君更盡一杯酒。西出陽關無故人。

寄河上段十六

容易盡情舊
未有䟦

頌云真意所
發忠厚藹然
又云實故難

與君相見即相親聞道君家在孟津爲見行舟試借問客中時有洛陽人

送別

送君南浦淚如絲君向東周（一作州）使我悲爲報故人憔悴盡如今不似洛陽時

九日憶東山兄弟（維年十七時作）

獨在異鄉爲異客每逢佳節倍思親遙知兄弟登高處徧插茱萸少一人

顧云此對結體也最要意盡否則半截詩矣

迭蕩野興甚濃

寒食汜上作

廣武城邊逢暮春。汶陽歸客淚霑巾。落花寂寂啼山鳥。楊柳青青渡水人。

戲題盤石

可憐盤（一作磐）石鄰（一作臨）泉水。復有垂楊拂酒杯。若道春風不解意。何因（一作因何）吹送落花來。

送韋評事

欲逐將軍取右賢沙場走馬向居延遙知漢使蕭

關外愁見孤城落日邊。

少年行

出身仕漢羽林郎。初隨驃騎戰漁陽。孰知不向邊庭苦。縱死猶聞俠骨香。

一身能擘（一作臂）兩雕弧。虜騎千（一作群）重只似無。偏坐金鞍調白羽。紛紛射殺五單于。

新豐美酒斗十千。咸陽遊俠多少年。相逢意氣爲君飲。繫馬高樓垂柳邊。

漢家君臣歡宴終。高義雲臺論戰功。天子臨軒賜侯印。將軍佩出明光宮。

塞下曲

辛勤幾出黃花戍。迢遞初隨細柳營。塞晚每愁殘月苦。邊秋更逐斷蓬驚。

年少辭家從冠軍。金裝寶劒去邀勳。不知馬骨傷寒水。唯見龍城起暮雲。

贈裴旻將軍

腰間寶劒七星文。臂上琱弓百戰勳。見說雲中擒黠虜。始知天上有將軍。

送沈子福歸江東

楊柳渡頭行客稀。罟師蕩槳向臨圻。唯有相思似春色。江南江北送君歸。

菩提寺禁裴迪來相看說逆賊等凝碧池上作音樂供奉人等舉聲便一時淚下私成口號誦示裴迪

白眼亦如鍾會與嵇康

萬戶傷心生野煙。百官何日再朝天。秋槐（一作花）葉落空宮裏。凝碧池頭奏管絃。

與盧員外象過崔處士興宗林亭

綠樹重陰蓋四鄰。青苔日厚自無塵。科頭箕踞長松（一作林）下。白眼看他世上（一作是甚）人。

秋思

綗（一作紗）軒涼吹動輕衣。夜聽更生（一作長）玉漏稀。月渡天河光轉濕。鵲驚秋樹葉頻飛。

宮連太液見蒼波。暑氣微清秋意多。一夜輕風蘋末起。露珠翻盡滿池荷。

秋夜曲

丁丁漏水夜何長。漫漫輕雲露月光。秋壁闇蟲通夕響。寒衣未寄莫飛霜。

桂魄初生秋露微。輕羅已薄未更衣。銀箏夜久殷勤弄。心怯空房不忍歸。

從軍辭

旄頭夜落捷書飛。來奏金門著賜衣。白馬將軍頻破敵。一作鏑黃龍戍卒幾時歸。

遊春辭

曲江絲柳變煙條。寒谷冰隨暖氣銷。纔見春光生綺陌。已聞清樂動雲韶。

經過柳陌與桃溪。尋逐春光着處迷。鳥度時時衝絮起。花繁衮衮壓枝低。

雜詩 一作伊州歌第一疊

秋風明（一作朗）月苦相思（一作獨離居）。蕩子從軍十載餘。征人去日慇勤囑。歸鴈來時數附（一作寄）書。

獻壽詞

宮（一作觀）殿參差列九重。祥雲瑞氣捧階濃。微臣欲獻唐堯壽。遥指南山對袞龍。

平戎辭

太白秋高助漢兵。長風夜卷虜塵清。男兒解却腰間劍。喜見從王道化平。

卷旆生風喜氣新。早持龍節靜邊塵。漢家天子圖
麟閣。身是當今第一人。

贈遠

當年只自（一作見）守空帷。夢見關山（一作江）覺別離。不見鄉書傳
鴈足。唯看新月吐蛾眉。
厭攀楊柳臨青閣。閑採芙渠傷碧潭。走馬臺邊人
不見。拂雲堆畔戰初酣。

閨人春思

愁見遥（一作游）空百丈絲春風挽斷更傷離閑花落盡青
苔地盡日無人誰得知

戲題輞川別業

柳條拂地不須折松枝披雲從更長藤花欲暗藏
猱子柏葉初齊養麝香

送王尊師歸蜀中拜掃

大羅天上神仙客濯錦江頭花柳春不爲碧雞稱
使者唯令白鶴報鄉人

靈雲池送從弟

金杯緩酌清歌轉。畫舸輕移艷舞迴。自歎鶺鴒臨水別。不同鴻鴈向池來。

劇嘲史寰

清風細雨濕梅花。驟馬先過碧玉家。正值楚王宫裏至。門前初下七香車。

涼州賽神 時為節度判官在涼州作

涼州城外少行人。百尺峯頭望虜塵。健兒擊鼓吹羌笛。共賽城東越騎神。

哭殷遙

送君返葬石樓山。松柏蒼蒼殯馭還埋骨白雲長已矣。空餘流水向人間。

歎白髮

宿昔朱顏成暮齒。須臾白髮變垂髫。一生幾許傷心事。不向空門何處銷。

王摩詰詩集卷之七 終

ISBN 978-7-5010-6364-2

定價：120.00圓